Fremd im eigenen Körper

Für meine Frau, eine ganz außergewöhnliche Persönlichkeit, und an alle die, die mich darin bestärkt ha-ben, diese Geschichte niederzuschreiben.
Einiges ist wahr, vieles ist erfunden. Wo hört die Realität auf und wo fängt die Fantasie an?
Keiner vermag es mehr zu sagen, und wie Manou so treffend bemerkte: »Wer weiß, vielleicht sind wir uns ja schon mal begegnet!«

P. H. Johansson, Januar 2014

Fremd im eigenen Körper

P. H. Johansson

*Bibliografische Information der Deutschen Nationalbibliothek:
Die Deutsche Nationalbibliothek verzeichnet diese Publikation
in der Deutschen Nationalbibliografie; detaillierte bibliografische Daten sind im Internet über http://dnb.dnb.de abrufbar.*

*© 2017 P. H. Johansson
Coverdesign und Illustration: Juliane Schneeweiss,
www.juliane-schneeweiss.de
Redaktion: Tat-Worte.de
Herstellung und Verlag: Books on Demand, Norderstedt
ISBN: 9783734720468*

Inhaltsverzeichnis

Eine beliebte Fernsehsendung ... 7
Der Beginn ... 10
Die Begegnung ... 21
Die Einladung ... 26
Grübeleien ... 31
Der erste Tag ... 33
Die Nachbarschaft ... 46
Nightlife ... 53
Der Alltagstrott ... 59
Grenzüberschreitung ... 64
Schmerzliche Erkenntnis ... 70
Was ist eine Frau? ... 76
Der zweite Anlauf ... 83
Das neue Lebensgefühl ... 91
Der Job ... 95
Neue Freiheiten ... 99
Die Weihnachstfeier ... 104
Die Clique, Bryans Probleme ... 112
Transsexualität ... 118
Das verlorene Glück ... 123
Nachforschungen ... 126
Der anaphylaktische Schock ... 132
Die Rückkehr ... 137
Die verlorene Frau ... 141
Die Suche ... 143
Alle Wege sind Sackgassen ... 149
Das Bankgeheimnis ... 155
Die zweite Sendung ... 160
Das Wiedersehen ... 167
Der Tag danach ... 174
Verpflichtungen ... 181
Seltene Momente ... 186
Afrika ... 190
Der Hunter ... 195
Entwicklungshilfe ... 197

Hooke und Mooke 202
Mama Manou 205
Zurück in Europa 211
Der Missionar 216
Erste afrikanische Eindrücke 219
Von Schreinern und Maurern 221
Beziehungsprobleme 224
Afrika, der heiße Kontinent 230
Die Probleme der Menschen 234

Eine beliebte Fernsehsendung

Perdu de vue ist eine beliebte französische Fernsehsendung. Menschen, die Freunde oder Familienmitglieder im Laufe der Jahre verloren haben, können hier alle Vorteile und Möglichkeiten nutzen, die die neuen Medien anbieten, um eine Suche erfolgreich durchzuführen.

In der heutigen Sendung sitzt eine Frau Anfang dreißig, schlank, schön, wohlgeformt. Ihre dezente Kleidung kann ihre perfekten Rundungen nicht verstecken. Ihr dichtes schwarzes Haar, hochgesteckt zu einem Knoten und von einem Kamm gehalten, gibt die Sicht auf einen schlanken Hals frei.

Sie hat sehr traurige Augen und sucht ihren Freund, den sie schon fast zwei Jahre vermisst und von dem jede Spur fehlt.

Der Moderator stellt sie kurz vor. Sie heißt Manou Foster und sucht ihren Lebensgefährten Bryan David. Alle ihre Nachforschungen bisher verliefen im Nichts. Schon über ein Jahr stellte sie die Welt auf den Kopf, und jedes Mal, wenn sie sich am Ziel wähnte, rannte sie gegen eine Wand und stand wieder mit leeren Händen da. Das letzte Mal sah sie ihn 1999. Dann hatte sie einen schrecklichen Unfall und lag über Monate im Koma. Da ihre Identität nicht festzustellen war, konnten keine Bekannten oder Verwandten benachrichtigt werden. Sie galt sieben Monate als verschollen. Aus dem Koma erwacht, versuchte sie ihn zu erreichen, aber leider antwortete niemand, und als sie nach Hause zurückkehrte, war niemand mehr da. An diesem Ort, wo sie so glücklich gewesen waren, hatte er nicht mehr bleiben wollen. Nun war er verschwunden – mit unbekanntem Ziel.

Ihre Botschaft in die Kamera lautet: »Bitte, wenn du diese Nachricht irgendwie bekommst, lass etwas von dir hören. Teil mir wenigstens mit, dass es dir gut geht. Ich liebe dich. Du fehlst mir. Ich kann ohne dich nicht leben. Bitte!« Sie wischt sich eine Träne ab. Ihre Bitte ist inständig.

Der Speaker übernimmt wieder. Sein Kommentar ist kurz: »Sie haben Manou jetzt gehört, lassen Sie bitte etwas von sich hören.« Eine Telefonnummer wird eingeblendet. Dann wendet er sich wieder der Frau zu. Sie hat Fotos mitgebracht, die nun gesendet werden. Sie zeigen glückliche und unbeschwerte Tage des Paares. Der Mann ist groß, stattlich, Mitte dreißig, wirkt etwas reserviert oder auch vornehm.

»Wenn Sie diesen Mann irgendwo gesehen haben oder wissen, wo er sich aufhält, beziehungsweise aufgehalten hat, sagen Sie uns Bescheid.« Es wird wieder die Telefonnummer eingeblendet. »Oder sagen Sie ihm, er soll selbst irgendwie Kontakt aufnehmen.«

Der Moderator wünscht Manou viel Glück und verspricht, das Team würde das seine dazu beitragen. Dann geht es zum nächsten Fall.

Manou hatte die Sendung stillschweigend beobachtet. Die Tränen schossen ihr in die Augen. Sie kannte die Geschichte. Es war ihre eigene.

Hoffentlich bringt es was, dachte sie. *Es ist meine letzte Chance. Ich habe wirklich alles versucht.*

Ihre Beweggründe waren alle ehrlich gewesen. Nur das Schicksal hatte ihr diesen Streich gespielt.

Die Natur ließ sich nicht ins Handwerk pfuschen. Das hatte man ihr so oft zu verstehen gegeben.

Sie war so nah am Ziel gewesen.

Sie überdachte wieder alles – ihre ganze Geschichte ...

Der Beginn

Wenn Manou ehrlich war, musste sie sich eingestehen, dass ihr Leben erst mit 29 Jahren begonnen hatte. Das war vor fünf Jahren gewesen. Vorher hatte sie eigentlich gar nicht richtig gelebt. Sie war auf der Suche nach etwas Undefinierbarem gewesen. Heute könnte sie es besser umschreiben, aber erklären?

Bei ihrer Geburt schien alles noch in Ordnung, wenn sie ihren Eltern Glauben schenkte. Sie war als Junge geboren worden und hatte den Namen Manou erhalten. Es war eigentlich ein neutraler Name, der ebenso gut einem Mädchen wie einem Jungen gehören konnte.

In der Grundschule hänselte man ihn damit, aber dessen nicht genug, Manou fühlte sich in Jungenkleidern einfach unwohl. Mädchenkleider gefielen ihm weit besser, und in ihnen fühlte er sich auch bedeutend wohler. Er hatte früh gelernt, sich zu verstellen. Die Wahrheit preiszugeben, war nicht immer von Vorteil und schon gar nicht erwünscht. Einmal hatte er Andeutungen gemacht. Das hatte genügt, dass alle ihn hänselten und das Lehrpersonal energische Schritte unternahm. Seine Eltern waren in die Schule beordert worden, und er wurde behandelt, als wäre er von allen guten Geistern verlassen. Sein »abnormales« Verhalten wurde aufs Schärfste kritisiert und verurteilt.

Im Religionsunterricht sprach man den armen, weniger bemittelten Menschen sein Mitleid aus. Ja, sogar Schwerverbrechern sollte man verzeihen und Toleranz üben, denn Gott ist gnädig. Aber ihm gegenüber: Nein! Das war ja gegen die Natur, gegen das von Gott gewollte Gleichgewicht, und damit verstanden die Religion und Gott nun gar keinen Spaß.

Er kam sich vor wie ein Monstrum. War er schlimmer als ein Schwerverbrecher?

Seine Eltern verstanden die Welt nicht mehr. »Haben wir dich nicht gut behandelt? Wieso tust du uns das an?« Er war ein Junge und hatte sich gefälligst so zu benehmen. Man drohte ihm an, ihn mit aller Härte zu bestrafen, falls er es noch einmal wagen sollte, auch nur Andeutungen zu machen. Abnormale wie er gehörten in eine psychiatrische Anstalt. Eine Behandlung mit Elektroschocks würde sein Gehirn schon wieder in Ordnung bringen. Seine Eltern hatten seine Kammer durchwühlt und systematisch alles vernichtet, was auch nur im Entferntesten mit einem weiblichen Wesen in Verbindung gebracht werden konnte. Seine Geschwister verhielten sich doch normal, warum war er anders?

Er konnte es selbst nicht erklären. Sie nahmen es ihm übel, weil man sie ja auch für sein Verhalten hänselte. Hatte eine seiner Schwestern ein Wäschestück verlegt, wurde er sofort dafür zur Verantwortung gezogen und verhört, bis besagtes Stück in irgendeinem Wäschekorb oder unter einem Wäschestapel wieder auftauchte. Sie verziehen ihm auch nicht, dass man sie manchmal scherzhaft auf ihre *Schwester* Manou ansprach oder sie hänselte, weil sie mit einer Tunte unter einem Dach lebten. Aber er hatte noch andere Verstecke, und wenn er sich sicher fühlte, probierte er weibliche Kleider und Schminke aus.

Mit zwölf Jahren musste sich Manou entscheiden. Er hätte gerne ein klassisches Gymnasium besucht, die nötige Intelligenz dazu besaß er, aber seine Eltern waren dagegen. Das Technische Lyzeum genügte vollauf. Er hatte seiner Familie schon genug Schererereien bereitet.

Im Lyzeum herrschten andere Regeln. Die Professoren interessierte primär, wie sich die Schüler in ihrem Fach verhielten. Das Aussehen war da zweitrangig. Manche hinterfragten Manous Gender, da sie sich nicht sicher waren, ob es sich nun um einen Jungen oder ein Mädchen handelte, aber alles in allem interessierte man sich wenig für seine Zugehörigkeit. Manou hielt sich auch mit seinen Äußerungen über seine Interessen sehr bedeckt. Die schlechten Erfahrungen aus der Grundschule hatten ihn sehr vorsichtig werden lassen.

In der Parallelklasse gab es auch einen Jungen, der viel Spott und Aggressionen auf sich zu vereinen schien: Jeremyah. Er war lang und schlaksig, seine Züge waren aber durchaus weiblich. Manou freundete sich mit ihm an. Er schien unter denselben Problemen zu leiden.

Er klärte ihn sofort auf: »Nenn mich nicht Jeremyah. Ich bin Jenny.« Er schien viel mutiger zu sein als Manou. Aber komischerweise waren die Professoren und auch die Religionslehrer ihm gegenüber viel verständnisvoller, als Manou es je erlebt hatte.

Jenny hatte Manou über diesen Zustand informiert: »Ich leide unter einer seltenen Krankheit, dem Klinefelter Syndrom. Ich habe ein X-Chromosom, ein weibliches Chromosom zu viel. Ich bin XXY, kein echter Junge. Jeder redet mir zwar ein, ich müsste mich wie ein Junge benehmen, aber ich will nicht. Ich bin ein Mädchen!«

Manou war natürlich höchst interessiert. Vielleicht litt er unter dem gleichen Syndrom? Er hinterfragte alles und wollte so viel wie möglich über diese Krankheit herausfinden. Die beiden trafen sich nun regelmäßig, sehr zum Gespött ihrer Mitschüler: Die beiden Tunten.

Jeremyah musste sich einer Hormontherapie unterziehen und regelmäßig den Arzt zur Kontrolle aufsuchen.

Was waren Hormone? Jenny erklärte Manou: »Das sind Pillen oder Spritzen, die bestimmen können, ob du ein Junge oder ein Mädchen wirst.«

Jetzt verstand Manou die Welt nicht mehr. Wenn es so einfach war, ein Junge oder Mädchen zu werden, weshalb dann das ganze Theater um seine Zugehörigkeit? Da musste es doch irgendwie ein Geheimnis geben.

Manou fragte, ob er Jeremyah begleiten dürfe. Dessen Eltern waren sehr erfreut, dass ihr Sohn einen Freund gefunden hatte. Er war schon früh diagnostiziert worden, und weil er nicht richtig in männlich oder weiblich eingereiht werden konnte, hatte er sich seinem Gefühl nach entschieden. Jenny versuchte also, Manou zu erklären, wie es um ihre Person stand, aber der verstand nur Bahnhof. Das, was ihn wirklich interessierte, war, dass man die Geschlechtszugehörigkeit offenbar mithilfe von Medikamenten steuern konnte.

Jeremyah hatte sich entschieden, eine Frau zu werden, Jenny zu werden. Da Manous Wünsche in dieselbe Richtung gingen, beschloss Jenny, ihm zu helfen. Aber vorerst behielten sie ihr Geheimnis für sich. Jenny bestand darauf, dass Manou sie zu den Untersuchungen begleitete. Alle zwei Wochen wurde ihr eine Spritze verabreicht.

Manou hatte unzählige Fragen. Der Arzt lachte, aber da die beiden ein so reges Interesse an der Behandlung zeigten, gab er ihnen bereitwillig alle Erklärungen. Nein, so einfach ging es trotzdem nicht, das angeborene Geschlecht zu ändern. Es gäbe da primäre Merkmale, die unveränderbar wären, jedenfalls ohne operativen Eingriff, und dann natürlich auch die sekundären, die man mit Hormonpräparaten beeinflussen könne. Die männlichen Hormone müssten eingeschränkt und danach weibliche Hormone verabreicht werden. Für die Vorbereitung einer Geschlechtsumwandlung, wie Jenny sie absolut wollte, sei die Dosierung der vorgeschriebenen Menge an Hormonen ungefähr die gleiche wie bei einem »normalen« Menschen. Da Jeremyah ein atypischer Fall von Klinefelter war und nicht zur männlichen Seite tendierte, hatte er Hormonpräparate erhalten, die die Männlichkeit blockierten und die Weiblichkeit förderten.

Das war eigentlich alles, was Manou interessierte, und es war genau das, was auch er immer gewollt hatte. Jenny ging es genauso, deshalb verstanden sich die beiden so gut. Gleiches Unglück verbindet.

Da verschiedene Ärzte die Behandlung von Jeremyah hin zu Jenny überwachten, zudem noch der Hausarzt, war es ein Leichtes, sich zweimal dieselben Hormonmengen verschreiben zu lassen. So kam Manou an ihre ersten Hormonpräparate.

Die Medikamente und Spritzen bekamen sie auf ärztliche Verordnung in der Apotheke. Die Spritze konnte dann der Hausarzt oder sogar Jenny selbst setzen. Für Manou war es praktisch ein Experiment am eigenen Körper, aber er war zu allem bereit. Er wollte um jeden Preis weiblich werden.

Bereits in der ersten Woche spürte Manou Veränderungen. Seine Haut wurde weicher und sensibler. Seine Brustwarzen wurden größer und seine Brüste begannen langsam zu wachsen und wurde viel sensibler. Er fühlte die zunehmende Feminisierung seines Körpers und war überglücklich.

Mit fünfzehn bei seinem ersten Fastnachtsball ging er – könnte man es sich anders vorstellen? – als Mädchen verkleidet. Er hatte sich aus dem Haus geschlichen und in einem seiner Verstecke die Verwandlung vollzogen. Die Kleider und die passende Unterwäsche hatte er sich heimlich beschafft. Er hatte einen Haufen Geld investieren müssen. Aber er fand, sie waren jeden Penny wert. Eine venezianische Maske tat das Übrige. Unter seiner Perücke und mit seinem etwas aufgefüllten Mieder nahmen ihn die Jungs als echte Tussi wahr, und so wurde er auch reichlich eingeladen. Obwohl er schlank und sein Gebaren mädchenhaft war, vermied er es auch nach Mitternacht, als die Masken fielen, sich als Junge erkennen zu geben, und man hielt ihn wahrhaftig für ein Mädchen. Glücklicherweise waren keine Familienmitglieder und keine seiner Bekannten in unmittelbarer Nähe, und so konnte er sein Image als Mädchen aufrechterhalten. Die Umarmungen der Jungs zum Abschied ließen ihn tief durcheinander zurück. Allzu gern hätten manche von ihnen die Freundschaft vertieft, was er jedoch peinlichst vermied.

Im Gymnasium lief alles bestens, bis auf den Sportunterricht. Jenny genoss wegen ihres Handicaps ein erleichtertes Sportprogramm, aber Manou nicht. Bei der Leichtathletik konnte er noch einigermaßen mithalten, da er unter seinem T-Shirt ein sehr enges Top trug, um seine wachsenden Brüste zu verbergen. Aber beim Schwimmunterricht ...

Der Sportlehrer zwang ihn, sein Shirt auszuziehen. Beim Anblick Von Manous Oberkörper wurde er rot und erlaubte ihm, sich wieder anzuziehen. Er tolerierte danach auch, dass Jenny und Manou während dieser Stunde am Rande des Beckens Platz nahmen. Nach dem Schwimmunterricht rief er Manou zu sich: »Du hättest mir nur zu sagen brauchen, dass du unter Gynäkomastie leidest, einer weiblichen Brustbildung. Aber das ist kein Problem. Mit achtzehn Jahren kann deine Brust mit einem kleinen operativen Eingriff angeglichen werden. Du darfst beim Schwimmunterricht Jeremyah Gesellschaft leisten. Kein Problem.« Er lächelte. »Auf der Uni hat unser Anatomieprofessor uns dieses Phänomen erklärt, aber du bist mein erster Fall. Doch das macht nichts. Ich habe volles Verständnis für dein Problem. Solltest du Identitätsprobleme haben, kannst du getrost die Psychologin um Rat fragen.«

Warum waren nicht alle so verständnisvoll, auch wenn er das wahre Problem nicht erkannt hatte? Aber darüber schwieg Manou.

Mit achtzehn packte er seine Koffer und zog aus. Mit seiner Familie hatte er sowieso nichts mehr gemeinsam. So weit wie möglich wollte er weg von dem Ort seiner Jugend und seiner größten Desillusionen. Aber sein künftiger Weg zeichnete sich ab. Primär war er zwar männlich, aber es behagte ihm mehr, eine Rolle im Leben als Frau zu spielen. Er stand zwischen zwei Welten, und die damit verbundenen Erfahrungen waren schmerzlich. Er war keine Frau. Er war nicht homosexuell, dafür sah er wiederum zu weiblich aus. Er war also ein simpler Transvestit, der sich als *Sie* zu erkennen gab. Er war grazil gebaut, mit langen schlanken Beinen, schmalem Becken und einer schlanken Taille. Auch seine Art und Weise, sein ganzes Benehmen war ausgesprochen weiblich.

Die Hormontherapie hatte bei ihm voll angeschlagen, und seine Brüste, die aus dieser Entwicklung entstanden, waren groß und fest, und er pflegte sie auch besonders. Eine operative Brustvergrößerung würde nicht nötig sein.

Viele Frauen beneideten ihn sogar darum, aber wenn sie herausfanden, dass er ein Kerl war, zahlten sie es ihm doppelt heim.

Mit Stimmtraining hatte er sich auch eine höhere Stimmlage angeeignet. Es hatte Zeit gekostet und viel Mühe, aber seine Maske war ziemlich perfekt.

Er – nein, *sie* hatte Friseurin gelernt und war in ihrem Job ausgesprochen gut. Nur wenn man herausfand, dass sie ein Transvestit war, wurde sie entweder sofort gefeuert oder von den Kollegen und Kolleginnen so gemieden und gemobbt, dass sie innerhalb kürzester Zeit selbst kündigte. Sie hatte bei verschiedenen Selbsthilfe- und Transgendergruppierungen Unterstützung gesucht, aber die hatten wenig Verständnis für ihr Problem.

Sie waren meist nur an leeren Diskussionen über Politik, das dritte Geschlecht, Eintragungen in den Pass und möglichst viel politischem Radau interessiert. Eine echte Hilfe war von denen nicht zu erwarten. Sie diskutierten darüber, sich zu outen, sich zu ihrer Apartheid zu bekennen.

Manou hätte sich dann sofort ein Schildchen anheften können: *Transgender, zum Verprügeln freigegeben.*

Für die anderen schien es nur ein Spiel zu sein, sie lebten in einer ganz anderen Welt. Ihnen genügte es, wenn sie sich zwei Mal im Monat Frauenkleider anzogen und dann in irgendeiner Großstadt eine schillernde Show abzogen. Manou aber wollte hier und jetzt leben, ohne ein T für Transgender oder X für als undefiniert bei Geschlecht im Pass. Damit wäre sie sofort abgestempelt gewesen. Es interessierte sie auch nicht, was in Venezuela, Brasilien, Madagaskar oder Irland passierte. Über welche Gesetze man da abstimmte, sie übernahm oder verwarf.

Sie wollte eine Frau werden – sein! War das so schwer zu verstehen? Aber jeder war mit dem Aufbereiten seiner eigenen Persönlichkeit so sehr beschäftigt, dass ihre Forderungen als lästig abgetan wurden. Eine gute Beratung gab es lediglich für Cross-Dressing, Make-up, Dragqueens, crazy Chicks-Shows. Eine Beratung oder gar eine Begleitung für eine Geschlechtsumwandlung stand überhaupt nicht auf dem Programm. Hilfe für eine Gleichberechtigung war leeres Gerede, ein einsamer Traum.

An wen sollte sie sich wenden? Die Frauen? Sie war keine Frau. Die Männer? Was wollte diese

Schwuchtel von ihnen? Dieser Gesellschaft gehörte sie definitiv auch nicht an. So war sie dann schnell am unteren Ende der Leiter angelangt.

Sie jobbte gelegentlich, als Kassiererin, als Putzfrau, als Kellnerin, tat so ziemlich alles. Sie wechselte oft die Stadt, lief immer wieder davon. Und das wenige an Liebe und Zuneigung, da sie verlangte, musste sie teuer bezahlen. Sie wurde von einigen cleveren Jungs ausgenommen wie eine Weihnachtsgans. Sie wohnte mal hier, mal dort, bezahlte die Rechnungen und wurde zum Dank rausgeworfen, wenn man sie nicht mehr brauchte. Man assoziierte sie immer mit Prostitution und unterstellte ihr wegen ihrer unklaren Zugehörigkeit sexuelle Motive.

Wenn sie es sich richtig überlegte, wäre es auch für Transfrauen die einzige Möglichkeit gewesen, Geld zu verdienen, eigentlich die einzige gesellschaftliche Anerkennung der Transfrau. Aber sie war weit entfernt von den Transvestiten, die durch ihr Auftreten Aufsehen erregen und Spaß haben wollten. Sie hingegen wollte nicht auffallen. Sie wollte lediglich ihr Leben als Frau leben. War das denn so schwierig zu verstehen? Sie wollte kein Aufsehen. Irgendwie spielte das Schicksal ihr immer einen Streich, machte ihr immer wieder einen Strich durch die Rechnung.

Sie hatte ein intensives Sprachstudium in Abendkursen bewältigt. Sprachen bedeuteten Freiheiten, Möglichkeiten. Nun beherrschte sie mehrere Fremdsprachen und hatte die Möglichkeit genutzt, im Ausland eine Arbeit zu finden. Sie hatte gehofft, so ihre Vergangenheit hinter sich lassen zu können, sie auszulöschen. Eine Namensänderung hätte ihr die Möglichkeit gegeben, komplett neu anzufangen. Vor-und Familiennamen können per Gerichtsbeschluss geändert werden, wenn ein wichtiger Grund vorliegt, wenn erwiesenermaßen Schwierigkeiten im Alltagsleben bestehen. Es ist kein billiges Unterfangen, aber sie hätte jeden Penny dafür bezahlt. Nur erachteten die Autoritäten ihre Wünsche als nicht wichtig genug. Trotzdem hatte sie mit einem Trick erreicht, dass auf einmal bei der sexuellen Angehörigkeit ein »F« in ihrem Pass stand. Nun, das war schon mal ein Schritt in die richtige Richtung.

Ihren Bekanntschaften gab sie so wenig wie möglich Einsicht in ihre privaten Dokumente, so dass manche ihrer »Freunde« nicht einmal ihren richtigen Namen kannten. Daran schienen diese auch nicht das leiseste Interesse zu haben. Meistens ließ sie sich mit Megan oder Minou anreden. Sie traute niemandem. Dafür war sie in ihrer Jugend schon zu oft hereingelegt worden. Dafür hatte sie schon zu viel gelitten. Also versuchte sie, so viel Anonymität wie möglich zu wahren und so wenig wie möglich Spuren zu hinterlassen.

Sie hatte auch versucht, alleine zu bleiben, sich nicht mehr zu binden. Aber dafür war sie viel zu attraktiv, zu fraulich. Sie wurde eingeladen, angesprochen, angemacht, bis sie dann schwach geworden war und – Vertrauen fasste. Dann ging alles wieder von vorne los. Drogen oder Alkohol, hatte sie nie angerührt, dafür war sie sich doch zu schade. Aber einen Ausweg aus ihrer Misere gab es nicht.

Die Begegnung

Bryan David fuhr manchmal gerne in die Stadt. Besonders abends. Der Mathematikprofessor an einem namhaften Provinzgymnasium, nur einen Katzensprung von der Stadt entfernt, genoss diese kleinen Auszeiten. Er hatte Sommerferien, und um diese Zeit war es abends noch angenehm warm.

Er mochte das stille Ausklingen des Tages in dieser Atmosphäre. Die Pracht der Lichter, die versuchten, noch irgendwie den Tag festzuhalten, das Eintreten der Nacht zu verzögern. Aber unweigerlich brach die Dämmerung herein, und langsam hauchte der Tag seinen letzten Atem aus.

Bryan liebte diese Momente. Sie erinnerten ihn an die Vergänglichkeit des Augenblicks und alles Irdischen. Der Tag war vorüber. Es sah so aus wie das letzte Aufbäumen eines Sterbenden, der letzte Versuch, das Unweigerliche hinauszuzögern. Der Kampf war schon verloren, so wie es seit Ewigkeiten vorherbestimmt war. Trotzdem schien es einen letzten Versuch wert zu sein. Dann kam still und langsam die Nacht, so wie der Tod.

Die Nacht hatte ihre eigenen Regeln, ihre Verhaltensmuster, ihre Tierwelt.

Die Nacht verbarg viele Geheimnisse, die die Tage niemals erfuhren.

Ihn hatte die Nacht immer fasziniert.

Die Adolph-Brücke der Stadt Luxemburg verband den alten Stadtteil mit dem etwas moderneren Bahnhofsviertel. Er parkte seinen Wagen gewöhnlich im moderneren Teil, in der Nähe der Brücke, wo es die meisten Parkmöglichkeiten gab, schlenderte dann gemütlich hinüber, genoss das

Schauspiel des Tales und ging später auf der anderen Seite in die Altstadt mit ihren kleinen malerischen Gassen, ihren alten Häusern, den kleinen Restaurants, die bis tief in die Nacht noch Gerichte anboten.

Langsam wechselte die Geschäftigkeit des Taglebens zum stilleren Nachtleben über. Er schlenderte gerne durch die Gassen, in denen noch reges Treiben herrschte, trank einen Saft, ein Wasser oder eine heiße Schokolade in einem der Pubs. Den Rummel und das hektische Treiben in den Diskotheken und Tanzcafés mochte er hingegen nicht.

Was suchte er eigentlich hier? Spontan hätte er mit »Nichts« geantwortet. Aber trotzdem zog es ihn oft hierher. Soziale Kontakte? Nein, es war nicht der geeignete Ort, um Bekanntschaften zu schließen.

Er schlenderte gemächlich über die Brücke. Um diese Zeit begegneten ihm nicht viele Fußgänger. Unwillkürlich musste er daran denken, dass schon einige Menschen diese malerische Brücke dazu benutzt hatten, um sich in den Tod zu stürzen.

Wie konnte man nur? Oder hatten sie diese romantische Vision als letzten Eindruck mit in die Ewigkeit nehmen wollen?

Bryan bemerkte eine junge Frau, die intensiv in die Tiefe starrte. Das, was er auf den ersten Blick sehen konnte, sah sehr schön aus.

Hoffentlich keine Selbstmordkandidatin, schoss es ihm durch den Kopf. Er entschied sich sie anzusprechen.

Manou stand auf der Adolph-Brücke, lehnte sich über das Geländer und schaute in die Tiefe. Die

Parkanlagen und Wege im Tal sahen im fahlen Licht der Abenddämmerung wie ein kleines Mosaik aus. Diese Brücke schien die Lösung all ihrer Probleme. Ein Sprung – und alles würde sich in Nichts auflösen. Alle Enttäuschungen wären mit einem Schlag weggewischt, alle Probleme gelöst.

Eigentlich war sie nicht suizidgefährdet und hing sehr am Leben, aber jeder Selbstmord ist das Ende eines langen Leidensweges, und sie war es leid: Immer wieder diese brutalen Typen, die sie erbarmungslos ausnutzten. Zwar stand sie auf starke und brutale Typen, aber sie war es so leid, immer wieder von Neuem ausgenutzt und dann wie ein Stück Abfall weggeworfen zu werden.

Es war aber nicht ihre Vergangenheit, die sie im jetzigen Augenblick beschäftigte, sondern ihre nähere Zukunft. Wie würde sich der Sturz anfühlen? Wie lange würde es dauern? Würde es Schmerzen bereiten? Wäre sie sofort tot? Was kam danach?

»Ich würde nicht springen«, hörte sie hinter sich eine Männerstimme sagen.

Sie drehte sich um. Sie war so in Gedanken versunken gewesen, dass sie sein Kommen überhört hatte. Und sie war wütend. Man konnte nicht mal in Ruhe seinen eigenen Tod planen und ausführen.

»Wer hat Sie gerufen?«, schnauzte sie diesen Wichtigtuer an. »Und wie kommen Sie überhaupt darauf, dass ich springen will? Ich habe nur die Landschaft beobachtet.«

»Dann habe ich mir unnötig Sorgen gemacht. Ich dachte schon, ich müsste ihnen hinterher springen.«

»Ach, Sie wären mir nachgesprungen?«, fragte sie amüsiert.

Er trat neben sie und schaute in die Tiefe. »Nach reichlicher Überlegung«, meinte er sinnig: »Ich glaube, wahrscheinlich doch nicht.«

Sie lachte. Es befreite sie ungemein, dass sie wieder lachen konnte, und dieser Typ brachte sie zum Lachen. Sie schaute ihn etwas genauer an. Er war groß, muskulös gebaut. Ein Kleiderschrank. Die kühlen blauen Augen strahlten Ruhe aus. Sie konnten einen schon fesseln. Und sie wollte ihrem Leben ein Ende bereiten!

Er sah sie mit einem verschmitzten Lächeln an. »Entschuldigen Sie, es hört sich so abgedroschen an, aber haben Sie heute noch etwas vor? Außer von der Brücke springen?«, fügte er lächelnd hinzu.

»Ich habe noch eine ganze Menge vor, aber ich bin nicht in Eile, das kann warten.«

Dieser Typ wollte etwas. Er dachte wohl, er hätte eine Tussi vor sich und ein leichtes Spiel mit ihr. Sie würde ihm schon einheizen. Was hatte sie zu verlieren? Nichts! Diesmal würde sie sich nicht auf Sentimentalitäten einlassen. Der bezahlte jetzt für alle anderen Machos, und die Rechnung war lang. Sie war ab sofort auf Kollisionskurs mit der Männerwelt, und dieser Typ vor ihr war der erste, den sie im Visier hatte. Der würde Augen machen, wenn er die Wahrheit erfuhr.

Sie genoss schon die Vorfreude auf dieses Schauspiel. Ihre gerade noch so ausweglose Situation kam ihr auf einmal spaßig vor.

»Darf ich Sie auf einen Drink einladen?«, fragte er sie ganz gentlemanlike.

»Mit Vergnügen«, antwortete Manou.

»Übrigens, mein Name ist Bryan.«

»Angenehm, Manou.« Sie war so überrascht, dass sie ihm spontan ihren richtigen Namen verriet. Aber was sollte es. Das Risiko, das sie einging, war ja minimal.

Er bot ihr den Arm. Sie hob ihren kleinen Packen mit ihren Habseligkeiten auf, hakte sich ein und ging mit.

Die Einladung

Sie saßen in einem angenehmen kleinen mexikanischen Restaurant. Manou hatte schon einen Tag nichts gegessen und ziemlichen Hunger. Sie hatte sich leicht überreden lassen.

Er sprach wenig während des Essens. Aber wenn er sie so anschaute, wurde ihr leicht mulmig. Es war, als würde er durch sie hindurchsehen, als würde er schon alles über sie wissen, bevor sie es aussprach. Trotzdem faszinierte sie dieser Mann ungemein.

Nach drei Margaritas war sie etwas beschwipst und wurde offener. Sie redeten viel belangloses Zeug. Sollte sie ihm schon alles eingestehen? Dass er es eigentlich mit einem Transvestiten zu tun hatte? Sie beschloss zu warten. Es würde sich bestimmt eine Gelegenheit finden.

Es war schon spät, oder vielmehr früh am Morgen, als sie aufbrachen. Er fragte, wo er sie absetzten könne.

»Egal wo«, lachte sie.

Er machte ein erstauntes Gesicht.

»Ich habe kein Zuhause mehr. Mein Freund hat mich heute vor die Tür gesetzt. Alles, was ich besitze, habe ich bei mir.«

Er zog die Augenbrauen hoch. »Ich kann dich unmöglich auf der Straße lassen« , meinte er. »Es ist schon spät, du wirst kein Hotel mehr finden in dieser Nacht. Ich lade dich zu mir ein.«

Lächelnd stellte er sich nun richtig vor: »Gestatten, Bryan David, Professor für Mathematik an einem klassischen Gymnasium, wohnhaft auf dem Lande.«

Sie musste lachen. »Angenehm, Manou Foster, ohne Titel und ohne Bleibe.«

Sie lachten beide.

Soso, er war also Professor. Manou holte tief Luft: »Sie sehen aber gar nicht wie ein Professor aus!«

»Stimmt, viele Menschen haben mit meinem Aussehen Probleme. Ich weiß, ich sehe eher wie ein Rauswerfer oder Türsteher aus. Dagegen sind die Mathematiker meist schmächtig. Aber ich bin nun mal trotzdem Mathematiker.«

Na ja, dachte sie, *der will mich bloß auf den Arm nehmen und mit seinem Titel Eindruck schinden.* Sie beschloss also, ihm auch nicht zu erzählen, wie es um ihre Person stand und auf was er sich da einließ.

Sie wollte noch antworten, aber mit einer Handbewegung schnitt er ihr das Wort ab: »Keine Widerrede, du wirst im Gästezimmer schlafen. Ich werde mich wie ein perfekter Gentleman benehmen.« Er lächelte.

»Okay«, meinte sie und dachte dabei: *Für diese Nacht habe ich wenigstens eine Bleibe.*

Sie stiegen in sein Auto, einen klobigen Jeep und machten sich auf den Weg. Er fuhr zügig nach Norden aufs Land. Unterwegs erklärte er ihr: »Ich wohne übrigens in einer Scheune.«

Auf diese Scheune war sie gespannt.

Eine Zeit lang sprachen beide nicht. Bryan grübelte. Sie konnte also auch schweigen und nicht nur drauf losplappern wie ein kopfloses Huhn. Sie war bildhübsch und irgendwie anders als alle Frauen, die er bis jetzt gekannt hatte. Sie hatte eingewilligt, mit ihm mit zu kommen. Nach so kurzer

Zeit war das höchst ungewohnt. Vielleicht war sie eine Prostituierte, so ungezwungen, wie ihr Umgang war? *Und wenn schon*, dachte er. Als Begleitung war sie klasse. Eine so tolle Frau setzte man nicht einfach vor die Tür. Was war wohl zwischen ihr und ihrem Ex vorgefallen? Wenn die Zeit da war, würde sie es ihm vielleicht noch erzählen, dachte er sich und musste lächeln. Wenn die Zeit da war ... Würde sie denn so lange bleiben? Würde sie ihn in ihre Geheimnisse einweihen?

Er wusste überhaupt nichts von ihr. Im Gegensatz zu seinen vorherigen Bekanntschaften, die schon nach fünf Minuten alles ausgeplaudert hatten, was sich zwischen ihrer Geburt und dem Heute zugetragen hatte.

Manou sah, dass er lächelte. Unumwunden fragte sie: »Woran denken Sie?«

»Och, eigentlich an nichts.« Er wurde etwas verlegen. Sie hatte ihn gut beobachtet.

»Das muss aber ein heiteres Nichts gewesen sein.«

Bryan musste sich eingestehen: Diese Manou gab ihm Rätsel auf.

Nach etwa vierzig Kilometern waren sie am Ziel, und es war tatsächlich eine Scheune, vor der Bryan den Wagen abbremste. Manou staunte nicht schlecht. Sie fuhren die alte Rampe hinauf in eine Garage. Das Tor öffnete sich auf Knopfdruck der Fernsteuerung. Von der Garage erreichten sie über eine Wendeltreppe den Wohnbereich. Er war geschmack-und stilvoll eingerichtet, häuslich und gemütlich.

Bryan belächelte ihre Verblüfftheit und meinte: »In einer gut eingerichteten Scheune lässt es sich wohnen.«

Manou nickte.

»Nach dem Stress des heutigen Tages bist du bestimmt müde. Ich zeige dir dein Zimmer.«

Es war ein kleinerer Raum auf einem Mezzanin, der mit seinen alten Möbeln sehr sympathisch wirkte.

»Das Bad ist hier. Du kannst getrost alles benutzen«, kommentierte er weiter. »Also, fühl dich wie zu Hause, für heute bist du mein Gast.«

Manou konnte ein Gähnen nicht unterdrücken.

»Wenn du was brauchst, nur fragen.« Er wünschte ihr eine gute Nacht und ließ sie in ihrem Zimmer allein.

Sie setzte sich aufs Bett und begann nachzudenken: Worauf hatte sie sich jetzt wieder eingelassen? Irgendwie empfand sie eine gewisse Scham gegenüber diesem Mann, der ihr eigentlich überhaupt nichts abverlangt hatte und sich so korrekt verhielt. Sollte sie ihm jetzt die Wahrheit sagen? Sie lief dann Gefahr, dass er sie vor die Tür setzte, mitten in der Nacht, mitten auf dem Land, in diesem kleinen Dorf. Eigentlich traute sie ihm das nicht zu. Aber sie hatte schon so viele schlechte Erfahrungen gemacht.

Wie alt mochte er wohl sein? Obwohl er so gut aussah, schien er keine Freundin oder Frau zu haben. Er behandelte das andere Geschlecht so, als hätte er nur gute Erfahrungen mit Frauen gemacht, und trotzdem … im Haus schien keine Frau zu leben.

Sie ging ins Badezimmer. Auch hier deutete alles darauf hin, dass sie es mit einem Junggesellen zu tun hatte. Nach einer kurzen oberflächlichen Toilette suchte sie das Bett auf. Sie schloss vorher sicherheitshalber die Tür. Sie war erschöpft. Der neue Tag würde schon eine Lösung bringen.

Fast sofort schlief sie ein.

Grübeleien

Bryan konnte nicht sofort einschlafen. Er musste erst einmal alles verarbeiten, was er da angestellt hatte. Eine wildfremde Person übernachtete in seinem Gästezimmer! Er hatte ihr spontan seine Gastlichkeit angeboten. Sonst war er nie so forsch an das andere Geschlecht herangetreten, aber bei Manou war alles anders.

Sie war bildhübsch und dazu noch von einer entwaffnenden Offenheit. Sie hatte sich ohne viel Gemecker spontan von ihm einladen lassen.

Bei allen Frauen, die er bis jetzt gekannt hatte, war es komplett anders verlaufen. Seine vorherigen Bekanntschaften hatten sich erst einmal bis zum Grotesken geziert, bevor sie überhaupt eine Einladung annahmen. Sie unterstellten erst mal jedem, dass er *was von ihnen wolle*. Ihnen war es überhaupt nicht in den Sinn gekommen, dass ein Mann eine Frau einladen könnte, um ein paar angenehme Momente in ihrer Gesellschaft zu verbringen, ohne dabei Hintergedanken zu haben.

Manou hatte spontan reagiert. Ihr Charisma war überwältigend.

Fiona, seine erste Zuneigung, war eine chronische Nein-Sagerin gewesen. Jedes Mal, wenn er einen Vorstoß wagte, war ein Nein die erste Antwort.

Eigentlich war das bei all seinen bisherigen Frauenbekanntschaften so gewesen. Er hatte sich gewünscht, dass sie sich normal benahmen, ihn als gleichwertigen Partner akzeptierten, und nicht als Spielzeug oder Knuddelbär. Er sah nicht einmal wie ein Spielzeug aus, und ein »Stupp«, wie Fiona ihn manchmal genannt hatte, war er bestimmt nicht, schon gar nicht ihr Stupp. Er hatte einen Namen, wieso gebrauchten sie den nicht und gaben ihm allerlei Kosenamen, die er als äußerst lächerlich empfand?

Manou hatte ihm keine Abfuhr erteilt und spontan eingewilligt.

Er hatte sie glatt überfahren – oder sie ihn, da war er sich nicht mehr sicher. Diese Frau war äußerst interessant oder extrem gefährlich. Jedenfalls würde der nächste Tag höchst spannend werden. Er hatte endlich eine Frau entdeckt, die so reagierte, wie er es sich vorstellte, die sich erst einmal wie ein guter Kumpel benahm.

Der erste Tag

Ein angenehmer Kaffeeduft weckte Manou. Sie musste kurz überlegen, wo sie war. Dann fiel es ihr wieder ein. Sie hatte tief und fest geschlafen und ein mulmiges Gefühl verspürte sie in ihrer Magengegend. Nach einigen Überlegungen war sie entschlossen, heute noch nichts zu verraten und erst einmal abzuwarten.

Sie hatte ihre Sachen über einen Stuhl gehängt. Sie waren noch da. Ach ja, sie hatte die Tür ja abgeschlossen. Nach einem kurzen Check entdeckte sie in dem Zimmer noch verschiedene andere Kleidungsstücke wie einen Bademantel, den sie überzog. Sie drehte vorsichtig und möglichst ohne Geräusch den Schlüssel und lugte zur Tür hinaus. Unterhalb des Mezzanins sah sie das geräumige Wohnzimmer, und am gedeckten Kaffeetisch saß, mit dem Rücken zu ihr, ihr Gastgeber. Er las in einem Buch und hatte scheinbar schon gefrühstückt. Sie drückte die Tür vollends auf und schlurfte dann barfuß die Treppe hinunter.

Bryan legte bedächtig das Buch weg, drehte sich zu ihr und lächelte. »Gut geschlafen?«

Manou nickte.

»Was möchtest du? Kaffee, Tee oder Saft?«

Sie nickte erneut. »Gerne Kaffee.« *Ich brauche jetzt einen starken Kaffee*, dachte sie sich.

Der Tisch war reichlich gedeckt. Brötchen, Croissants, Donuts ... Sie staunte.

»Ich wusste nicht, was du bevorzugst, deshalb habe ich von allem etwas geholt. Frühstück ist eine der wichtigsten Mahlzeiten am Tag, deshalb nehme ich mir immer die nötige Zeit dazu.«

Sie setzte sich hin und aß etwas.

»Lang tüchtig zu«, meinte Bryan, »es ist genügend da.« Nach einer Weile fragte er: »Was hast du jetzt vor?«

»Ich weiß nicht.« Sie zuckte mit den Schultern.

»Du kannst gern noch ein paar Tage bleiben. Ich habe nichts Besonderes geplant, und da ich jetzt Ferien habe, würde ich mich über die nette Gesellschaft freuen. Mein Angebot steht ohne Wenn und Aber.« Er sah sie fragend an.

»Ein paar Tage Ruhe könnte ich schon gebrauchen«, sagte Manou nachdenklich. Sie wusste nicht, auf was sie sich da einließ, aber: *Kommt Zeit, kommt Rat*, dachte sie. Wenigstens war es besser, als von der Brücke zu springen.

Nach dem Frühstück duschte sie erst einmal ausgiebig. Endlich wieder sauber, und sie hatte auch nicht mehr den kalten Tabakgeruch der Spelunke ihres Ex-Freundes in der Nase.

Viele Kleider hatte sie nicht retten können. Sie brauchte also dringend eine Aufpolierung ihrer Garderobe. Etwas Geld hatte sie noch. Für ein paar billige Kleidungsstücke müsste es reichen.

Sie teilte Bryan mit, was sie vorhatte.

Der sah das nicht so. »Ein Mann darf eine Frau in Not nicht im Stich lassen. Mädchen, wir werden schon was Passendes finden.«

Sie – ein Mädchen – mit neunundzwanzig? Aber eine Frau war sie auch nicht. Und er war wohl der Letzte seiner Art. Sie hatte geglaubt, diese Art von Männern wäre ausgestorben.

In der kleinen Nachbarstadt kannte er sich gut aus. Sie wanderten durch verschiedene Boutiquen und wurden jedes Mal freundlich begrüßt. Es war fast überall das gleiche Szenario:

»Hallo, Herr David, könnten wir Ihnen behilflich sein?«

Er stellte sie vor: »Manou Foster. Wir schauen uns etwas um.«

Er schien gern gesehener Gast zu sein, jeder kannte ihn.

Manou hatte inzwischen herausgefunden, dass ihr Begleiter tatsächlich ein Professor war.

Als sie in der Exclusive-Boutique die Preise an den Kleidern sah, wurde ihr fast schwindelig. Es war beste Qualität, und die Verarbeitung ließ nichts zu wünschen übrig, aber die Preise waren happig.

Bryan sah sich eine Bluse an: »Die würde gut zu dir passen, oder?«

»Ja«, sagte sie, »aber ich würde lieber die nehmen.« Sie zeigte ihm ein anderes Kleidungsstück. »Der Schnitt steht mir besser, und sie ist besser kombinierbar.«

»Ich bin so was von ahnungslos, womit könnte man das denn kombinieren?«

Manou war in ihrem Element. Von Kleidern verstand sie etwas.

Sie zeigte es ihm bereitwillig. »Mit der Hose oder dem Rock, und dann wieder dieser Rock mit dem Oberteil ...«

Er schien nicht sehr überzeugt. »Könntest du mir das mal vorführen?«

Er wollte eine Modeschau haben, bitte. Sie hatte auch mal als Model gejobbt, bis herauskam, dass sie ein *er* war – und die Seifenblase wieder zerplatzte.

Sie trug ihm die verschiedenen Kleidungsstücke vor, zeigte ihm, worauf es ankam, welche Maße am vorteilhaftesten waren.

Die Dame brachte nacheinander die Stücke, nach denen Manou fragte. Sie standen ihr vorteilhaft. Selbst die Verkäuferin meinte: »Mit der Figur kann sie alles tragen.«

Wenn sie ein neues Kleidungsstück anprobierte, gab sie das vorherige wieder aus der Umkleidekabine.

Sie dachte nach etwa zwanzig Kleidungsstücken, müsste er es doch endlich verstanden haben. Und so was war Professor!

Sie gab die letzten Stücke heraus. »Ich werde mich wieder anziehen«, rief sie aus der Kabine.

»Du musst dich nicht beeilen«, hörte sie Bryan draußen.

Es war trotzdem an der Zeit, sich etwas auszusuchen in ihrer Preisklasse, und dann nichts wie weg. All die schönen Kleidungsstücke, die sie sich wahrscheinlich nie leisten konnte und mit denen sich die reichen Tussis behängten, obwohl sie ihnen nicht standen, machten sie krank. Die Welt war doch ungerecht.

Sie kam aus der Kabine und schaute sich um nach einem billigen, einfachen Kleidungsstück um, eines, das sie sich leisten konnte.

Er kam zu ihr: »Suchst du noch etwas?«

»Wir haben noch nichts gekauft«, raunte sie ihm zu.

Er tat erstaunt. »Doch, all die schönen Sachen, die du mir vorgeführt hast. Ich habe schon bezahlt, im Männerbereich bin ich sowieso guter Kunde.«

In Manous Augen musste er ein Vermögen ausgegeben haben.

Er drehte sich um und lächelte vielsagend: »Ich möchte, dass du mir auch noch Schuhe vorführst.«

Er hatte sie reingelegt! Sie würde es ihm heimzahlen, aber diesbezüglich war sie nicht mehr so sicher. Was wollte er überhaupt von ihr? Sie konnte sich keinen Reim darauf machen. Es missfiel ihr eigentlich, diesen Menschen schamlos auszunutzen. So etwas hielt sie für unter ihrer Würde, obwohl ihre früheren Bekanntschaften darin Meister gewesen waren und sie jedes Mal die Rechnungen bezahlt hatte. Ein solches Verhalten empfand sie als schäbig. Bryan wusste ja nicht einmal, mit wem er es wirklich zu tun hatte. Sie hasste unehrliche Menschen, und nun begann sie selbst einer von diesen zu werden. War es das wert?

Im Schuhgeschäft war es wie in der Boutique, nur exklusive, perfekt verarbeitete und teure Ware. Schuhwerk war extrem wichtig. Es musste nicht nur gut aussehen, sondern man musste auch darin laufen können. All dieses billige Zeug, das zwar gut aussah, aber den Fuß und sich selbst verformte und nach ein paar Tagen schon komplett ausgetragen war, taugte nichts. Bei Schuhen wusste Manou genau, dass billig kaufen eigentlich teuer kaufen bedeutete.

Sie schaute Bryan von der Seite an. Dieser Mann gab ihr Rätsel auf. Er tat so unerfahren, dabei wusste er haargenau, wo die richtigen, die guten Sachen zu finden waren.

Und wenn schon, sie wusste, welches Schuhwerk ihre langen Unterschenkel am besten zur Geltung brachte. Sie war vorsichtiger, trotzdem kam sie nicht unter 3 Paaren davon, und die waren nicht billig. Bryan schien etwas enttäuscht, und Manou dachte: *Du wirst noch viel enttäuschter sein, wenn du erfährst, wem du all die schönen Sachen gekauft hast.*

Im Dessous-Laden hatte sie ein Problem. Der Inhaber war ein guter Freund von Bryan und von ihrer Figur begeistert. Er stellte ihr sofort eine kompetente Verkäuferin zur Verfügung. Sie brauchte ja nur die BHs anzuprobieren. Bryan stand teilnahmslos vor der Tür. In diesem Geschäft schien er nichts verloren zu haben.

Manou hatte drei sehr schöne Garnituren herausgelegt und musste sich nun entscheiden. Aber Bryan sah das nicht so. Auf einmal stand er hinter ihr, er hatte sich herangeschlichen, und sagte: »Manou, wir nehmen ja alle drei!«

Sie bekam kein Wort heraus.

Etwas enttäuscht bemerkte er: »Da ist ja keine weiße Garnitur dabei. Du erinnerst dich doch, ich stehe auf weiß, das hatten wir doch so besprochen.«

Wir haben nicht mal über Unterwäsche geredet, dachte sie erstaunt. Er log ja das Blaue vom Himmel herunter.

Bryan sah sie kurz von der Seite her an und lächelte vielsagend. Woran dachte er bloß?

Unbeirrt fuhr er an die Verkäuferin gewandt fort: »Fräulein, welche würden Sie uns empfehlen?«

»Bei ihrer Figur – da könnte ich nur diese empfehlen, die ist zwar etwas teurer aber ...«

Er ließ sie nicht ausreden: »Die nehmen wir, nicht wahr, Manou?«

Manou bekam fast einen Schluckauf, als sie den Preis sah. Die Garnitur kostete mehr als die drei anderen zusammen.

»Und du hattest ja über Blau nachgedacht.«

Sie erschrak. Konnte er Gedanken lesen?

Die Dame verschwand wieder geschäftig. Schelmisch schaute Bryan Manou an. »Nein, ich kann keine Gedanken lesen. Ich bin nur ein guter Beobachter, und eben hast du gedacht, dass ich ja das Blaue vom Himmel herunterlüge.«

Sie entschied sich für eine dunkelblaue Garnitur.

Er raunte ihr ins Ohr: »So dick war die Lüge nun auch wieder nicht.«

Sie dachte: *Heute Abend werde ich ihm alles beichten und dann verschwinden. Er kann dann die Sachen wieder zurückgeben.*

Er riss sie aus ihren Grübeleien. »Falls du noch etwas brauchst?«

Sie hatte einen Kloß im Hals und bekam nichts mehr heraus.

Zurück in der Scheune angelangt, sagte Bryan: »Wenn es dir nichts ausmacht, könntest du heute Abend eines deiner neuen Outfits ausprobieren. Ich möchte dich ausführen.« Er sah ihren erstaunten Blick und fuhr schnell fort: »Oh, nichts Außergewöhnliches, ein kleines Restaurant, danach vielleicht einen kurzen Stadtbummel und später, bei diesem Wetter, vielleicht auf irgendeiner Terrasse noch was trinken. Was hältst du davon? Und bei deinem guten Geschmack«, fügte er noch hinzu, »könntest du mir zu dieser Gelegenheit auch was Passendes herauslegen.«

Manou konnte nur nicken und zog sich zum Umziehen zurück. Sie hängte ihre Sachen auf, dabei konnte sie die Blicke fast nicht von den schönen Kleidungsstücken lassen. Was sollte sie Anziehen? Männer standen auf Busen, Po und lange Beine. Sie hatte alles anzubieten.

Sie stöberte auch in Bryans Sachen herum und legte ihm eine vornehme Garnitur heraus, er war ja schließlich Professor. Sie entschied sich auch für ein vornehmes und dezentes Outfit, das wenig zeigte und vieles erahnen ließ. Sie sollte ja schließlich als die Freundin eines Professors rüberkommen.

Mittlerweile war es schon spät geworden. Sie bereiteten sich vor. Von Bryan erntete sie nur bewundernde Blicke. Sie band ihm noch die Krawatte um, dann waren sie bereit.

Unterwegs fragte er unumwunden. »Ich bräuchte auch noch einige Kleidungsstücke. Würdest du mir bei der Auswahl helfen? Bei deinem Geschmack und deinen Kenntnissen ...«

»Es wäre mir eine Freude, dir dabei behilflich zu sein.«

Also war für den nächsten Tag wieder Shopping angesagt.

Der Abend verlief ohne weitere Zwischenfälle. Bryan traf viele Freunde und stellte sie jedes Mal mit den Worten vor: »Manou Foster, eine gute Freundin.«

Sie war also jetzt Manou Foster, die gute Freundin eines Professors. Ihr sozialer Status in der Gesellschaft hatte sich nach so kurzer Zeit schon merklich verbessert, fand sie. Aber sie kannte die Sage von Ikarus: Je höher der Flug, desto tiefer der

Fall. Sie bildete sich nichts drauf ein und blieb bescheiden.

Zu später oder eher früher Stunde trudelten sie wieder in der Scheune ein.

»Danke für den netten Abend«, flüsterte Bryan.

Manou verstand die Welt nicht mehr. Er hatte sie doch ausgeführt. Sie umarmte ihn und drückte einen Kuss zwischen Wange und Mund.

»Gute Nacht, und träume was Schönes!« Er verschwand in seinem Schlafzimmer, drehte sich noch kurz um, ehe er die Tür schloss: »Das Bad ist frei, falls du noch ...« Er beendete seinen Satz nicht.

Manou wusste nicht, wie ihr geschah, und stieg langsam die Treppe hoch. Sie hatte ihn zum ersten Mal geküsst. Dabei hatte sie ein komisches Gefühl in sich wachgerüttelt. So etwas hatte sie in ihrem Leben noch nicht empfunden. Sie war in höchstem Maße beunruhigt.

Eine Zeit lang lag sie noch wach und grübelte nach. Sie würde ihm noch helfen, seine Garderobe aufzupolieren, das war sie ihm schließlich schuldig, und ihm dann alles gestehen und verschwinden. Das nahm sie sich fest vor. Also keine Eskapaden mehr!

Auch Bryan dachte nach: Was war heute eigentlich passiert? Er benahm sich wie ein echter Macho! Manou gefiel ihm außerordentlich. Für ihn verkörperte sie alles, was sich ein Mann unter einer Frau vorstellen konnte. Es gab also doch noch Frauen, die sich wie solche benahmen und die es auch genossen, Frau zu sein.

Unwillkürlich verglich er sie mit seinen Bekanntschaften. Jessica, die auf der Schiene der

Gleichberechtigung ritt. Sie kleidete sich so fanta-
sielos, dass sie immer wie ein unförmiger Pflaster-
stein aussah. Dabei sagte sie fast hinter jedem Satz,
den sie herausbrachte, dass sie eine Frau war. Er
musste sich eingestehen, einem Vergleich mit Manou hielt sie nicht mal zwei Sekunden stand.

Die Shoppinglust der Frauen galt als der Horror
der Männer. Mit Manou allerdings war es ihm eine
Freude gewesen, shoppen zu gehen. Er hatte den
Tag genossen und einen ganzen Haufen Geld ausgegeben, aber er fand, das war es wert gewesen.
Sie besaß einen ausgezeichneten Geschmack, hatte
ihm viel gezeigt und ihn eigentlich den ganzen Tag
unterhalten. Auch der Abend war perfekt verlaufen. Nicht wie bei den anderen, die hier eine Bekanntschaft trafen, dort mit jemandem reden
mussten und die man den ganzen Abend, obwohl
man sie eigentlich ausführte, nur kurz zu Gesicht
bekam, weil sie ihre Kontakte pflegen mussten. Anschließend bestanden sie dann darauf, ihren Teil
der Rechnung zu bezahlen, was Bryan eigentlich
nicht so abwegig fand, weil sie ihn eigentlich nur
benutzt hatten, um in diesem oder jenem Restaurant genau zu diesem Zeitpunkt aufzutauchen. Er
hatte oft den Eindruck gehabt, auch wenn sie dann
so erstaunt taten, einen Bekannten anzutreffen,
dass sie sich vorher mit ihm abgesprochen hatten.
Und dann konnten sie natürlich nicht mehr Nein
sagen, obwohl es ihnen ihm gegenüber gar nicht so
schwerfiel.

Er hatte es Fiona einmal missmutig unter die
Nase gerieben, als einer dieser unternehmungslustigen Männer sie zum Tanz aufgefordert hatte. Er
hasste diese Typen, die ihre Finger nicht bei sich

behalten konnten, und hatte ihr zu verstehen gegeben: »Du könntest doch einfach Nein sagen.« Erstaunt hatte sie ihn angeschaut und ihn gefragt, was er sich dabei dachte, das konnte sie unmöglich. Was würden sonst die anderen in ihrer Clique denken? Ach ja, die Clique. Man musste dabei sein.

Wie Bryan das hasste, diese Herde von Wichtigtuern und Kühen mit ihrem Standesdünkel. Er hatte es nie nötig gehabt, im Schwarm aufzutreten. Er wirkte auch so imposant genug. Fiona hatte ihn mit großen Augen angeschaut. Er wäre ja eifersüchtig. Bevor er überhaupt antworten konnte, hatte sie es schon ausposaunt, und natürlich hatten alle herzhaft darüber gelacht.

Danach die Erkenntnis: Hier ist doch nichts los. Die Clique entschied sich, ein anderes Fest aufzusuchen. Fiona war begeistert: Ja, da war was los. Da mussten sie unbedingt hin.

Bryan hatte gedacht, wenn einer dieser Schniegel einen Vorschlag machte, und war er noch so dämlich, dann liefen alle gleich hin. Nein, er fand es ausgezeichnet, wo sie waren, und er hatte schließlich Fiona eingeladen.

»Stupp, willst du nicht mitgehen?«

»Nein«, hatte er ruhig gesagt, »ich finde es eigentlich sehr nett hier.«

»Aber hier ist doch nichts los.«

»Wo du hin willst, ist auch nichts los. Wir können den ganzen Abend rumrennen auf der Suche nach dem Kick, aber ich habe keine Lust rumzurennen.«

Die anderen waren schon ungeduldig geworden: »Kommst du endlich, Fiona?«

Na, hatte Bryan *gedacht, da haben wir es ja, sie sind nur an Fiona interessiert, was tu ich also bei diesen Affen?*

»Ich möchte aber mit«, hatte Fiona gemeckert, und dann: »Bist du mir böse, wenn ich mit ihnen gehe?«

»Nein«, hatte Bryan geantwortet, »du bist ein freier Mensch, kannst tun und lassen, was du willst. Gehe nur ruhig!«

Weg war sie.

Nein, er war nicht eifersüchtig gewesen, er war nur still wieder nach Hause gegangen. So was wollte er sich nicht bieten lassen. Er hätte sie alle zermalmen können, aber er stand nicht auf Streit. Das war es ihm nicht wert.

Schon früh am anderen Tag hatte sie angerufen: »Bist du böse wegen gestern?«

»Nein«, hatte er ihr zu verstehen gegeben, »du hast deine Wahl getroffen.«

»Könnten wir nicht heute Mittag ...«

»Es tut mir außerordentlich leid, aber heute Mittag habe ich absolut keine Zeit.«

»Weißt du, die anderen wollen ...«

Er hätte es sich ja denken können. Sie brauchte einen fahrbaren Untersatz, um wieder zu ihrer Clique zu kommen.

Er unterbrach sie freundlich: »Tut mir leid Fiona, aber ich bin in Eile. Tschüss!« Und hängte ein. Sein Telefon hatte noch zwei Mal geklingelt, danach sein Handy, aber er war nicht mehr drangegangen.

Manou hingegen war mit ihm unterwegs gewesen und hatte darüber keine Zweifel aufkommen lassen. Sie hatte sich bei ihm eingehakt und ihn den ganzen Abend nicht mehr losgelassen. So hatte er sich das Zusammensein mit einer Frau immer vorgestellt.

Er dachte noch, bevor er einschlief: *Ich habe endlich eine Frau gefunden, die sich auch wie eine benimmt.*

Die Nachbarschaft

Am zweiten Tag schien es im Dorf Gesprächsthema Nummer eins zu sein, dass Bryan eine Freundin hatte. Und was für eine Schönheit! Wie kam dieser eher trockene und reservierte Bryan David an solch eine Frau? Wie hatte er das bloß angestellt?

Manou gefiel das ganz und gar nicht. Die unerwünschte Popularität lockte die Nachbarn an, und solche Nachbarn begannen dann Fragen zu stellen. Gab man ihnen Antworten aus Höflichkeit, hatte man sich spätestens am zweiten Tag schon verheddert.

Dann gab es die ganz speziellen Neugierigen, diese Radarfallen, die jeder noch so kleinen Ungereimtheit nachgingen, überall Nachforschungen anstellten und einem die unheimlichsten Vermutungen anhängten. Waren sie endlich fündig geworden, gaben sie nicht eher nach, bis sie einen Ruf vollends zerstört hatten und der Geschädigte aus Verzweiflung die Stadt verließ.

Sollten sie ruhig. Manou hatte ja nicht viel zu verlieren. So würde dieses langweilige Dorf endlich einen handfesten Skandal haben, wenn man ihr Geheimnis lüftete. Aber Bryan, womit hätte er dies verdient? Er war der erste Mann in ihrem Leben, der sich korrekt verhielt. Diese geilen, nimmersatten Weiber würden ihn schon horizontal und mit viel Einsatz ihres Körpers trösten, denn darum ging es denen ja hauptsächlich!

Der arme Bryan, er tat ihr leid, und ein bisschen Eifersucht verspürte sie trotzdem. Sie verwarf diesen Gedanken wieder sofort, als es an der Tür klingelte.

Bryan öffnete. »Caroline und Zoe, kommen Sie rein!«

Das ging aber schnell, dachte Manou, *die ersten vor Neugierde platzenden Gaffer sind eingetroffen.* Für gewöhnlich stellten diese sich erst nach einer Woche ein. Aber sie kannte das Landleben nicht. Hier schien alles viel schneller zu gehen als in der Stadt.

Bryan rief nach ihr, und sie antwortete sofort und dachte: *Na, dann wollen wir mal.* Sie hatte sich extra herausgeputzt. Sie kannte ihren Effekt, und die neuen Kleider standen ihr wirklich fabelhaft. Ihre schlanke Figur und ihre wohlgeformten Brüste würden die anderen vor Neid platzen lassen.

Sie ging von der Mezzanin die Treppe hinunter. So hatten die Besucher wenigstens einen Blick auf ihre langen Beine.

Selbst Bryan blickte sie verblüfft an. So eingehend hatte er sie doch noch nicht betrachtet. Aber sollte er ruhig das Schauspiel genießen. Er hatte die Kleider ja bezahlt.

Manou musste zugeben, die beiden sahen nicht wie die üblichen Radarfallen aus.

Bryan stellte sie vor: »Caroline und Zoe, sie wohnen gleich hier gegenüber.«

Manou reichte ihnen mit einem freundlichen Lächeln die Hand. »Angenehm Manou Foster.«

Caroline plapperte sofort drauf los: »Wir freuen uns so für den Professor. Wir dachten schon, er würde nie eine Frau mit nach Hause bringen, und dabei gibt es viele, die ihn anhimmeln. Sie müssen ihm schon imponiert haben. Aber mit Ihrem Aussehen ...«

»Caroline, hör auf damit. Was soll das!« Bryan lachte.

»Ich weiß schon, was ich sage, und es ist die Wahrheit.«

Zoe nickte nur beifällig.

So, so, dachte Manou, der Professor nimmt also nicht jede mit nach Hause, und doch hatte sie den Eindruck, als wäre es zu leicht gegangen. Charisma hatte er jedenfalls.

»Warum setzt ihr euch nicht einfach?«, funkte jetzt Bryan dazwischen.

»Ach ja«, fuhr Caroline unbeirrt fort, »fast hätte ich es vergessen. Wir haben Ihnen was mitgebracht.« Sie überreichten Manou ein kleines Körbchen. »Brot und Salz, das ist das traditionelle Willkommensgeschenk. Das heißt, wir wünschen Ihnen Glück und Reichtum.«

Manou dachte amüsiert, sie hätten gleich eine ganze Wagenladung mitbringen können. Reichtum könnte sie gut gebrauchen, aber Glück, das schien ihr definitiv nicht beschienen zu sein. Sie wusste aber auch, was sich gehörte. Sie setzte das Körbchen auf dem Tisch ab und umarmte Caroline und Zoe. »Das ist sehr nett von Ihnen, vielen Dank. Wollen Sie sich nicht setzen? Kann ich Ihnen was anbieten, Kaffee vielleicht?«

Caroline führte das große Wort: »Für Kaffee sind wir immer zu haben. Kommen Sie, ich helfe Ihnen.«

Sie wusste sehr gut Bescheid hier, und so fiel es nicht auf, dass Manou irgendwie nicht wusste, wo alles stand.

Sie saßen beim Kaffee, und Caroline fuhr fort: »Mein Mann, Peter, ist Schreinermeister und hat vieles hier in der Scheune gemacht.« Sie zeigt Manou stolz die Treppe, die sie eben heruntergekommen war, die Möbel in der Bibliothek, die Drechselarbeiten im Wohnzimmer, die Schnitzereien und Verzierungen.

»Sie können mächtig stolz auf ihn sein. Ich habe selten so schön ausgearbeitete Verzierungen gesehen, jedenfalls nicht aus der heutigen Zeit.«

»Oh, das bin ich!« Ihre Augen hatten einen feuchten Schimmer bekommen.

Manou dachte, dass sie noch total verknallt in ihren Peter war, wo gab es denn so was noch? »Wie lange seid ihr denn schon zusammen?«, fragte sie deshalb freundlich.

»Am nächsten 15. Mai sind es zehn Jahre, dass wir verheiratet sind. Aber wir können keine Kinder kriegen.«

»Das ist schade, denn sie hätten eine fabelhafte Mutter gehabt.« Und sie meinte sogar, was sie sagte.

Zoe hüstelte. Manou hatte sich beide Namen sofort eingeprägt, denn in ihrer Situation war es wichtig zu wissen, mit wem sie es zu tun hatte.

»Mein Mann, der Bruno, ist nur ein einfacher Bauarbeiter. Er hat dem Professor auch viel geholfen.«

Manou sah sich um. »*Nur ein einfacher Bauarbeiter?*«

Zoe wurde rot.

»Er muss ein toller Maurer sein. Was ich hier so sehe, ist Meisterarbeit«, fuhr Manou fort. »Und Sie lieben ihn. Dann muss er der glücklichste Maurer auf der ganzen Welt sein.«

Zoe wurde noch verlegener.

»Aber Sie entschuldigen bitte, Bryan und ich wollten heute Mittag ...«

»Nein, nein, lasst euch nicht stören«, sagte Bryan, »das hat auch Zeit bis morgen.«

Caroline plapperte weiter. Sie sähen manchmal beim Professor nach dem Rechten. Diese Junggesellen hätten ja wenig Ahnung vom Haushalt. Er wäre ja so ein lieber Mensch, hätte für jeden ein freundliches Wort übrig, im Gegensatz zu den meisten seiner Kollegen, die das *Fußvolk* mit Nichtachtung straften.

Der Nachmittag zog sich gemächlich hin. Die beiden Besucherinnen hatten viel zu erzählen. Manou erzählte so wenig wie möglich und beschränkte sich auf gezielte Fragen, um das Gespräch am Laufen zu halten.

Ja, manche seiner Kollegen wären jetzt bestimmt neidisch auf Bryan, wo er so eine vornehme, gut aussehende und so freundliche Lebensgefährtin hätte.

Manou musste zugeben, dass man hier im Dorf schnell schaltete. Nach zwei Tagen war sie bereits seine *Lebensgefährtin*. Ging das nicht ein bisschen zu schnell?

Zoe sprach weniger, sie stimmte immer nur zu.

Gegen Abend klingelte es erneut an der Tür. Es waren Peter und Bruno. Bruno war ein Witzbold: »Wir haben unsere Frauen verloren, haben Sie zufälligerweise keine zu viel.«

Bryan lachte, für ihn gab es keine Klassenunterschiede, und der hochnäsige Standesdünkel mancher Kollegen war ihm zuwider.

»Kommen Sie rein«, forderte er die beiden auf. »Wir haben Sie schon erwartet.« Er wollte Manou vorstellen, aber Caroline kam ihm zuvor.

»Das ist Manou, die Lebensgefährtin von unserem Professor.«

Peter begrüßte sie herzlich und sagte nur: »Donnerwetter!«

Bruno musterte sie spöttisch und meinte. »Die Leute haben ja maßlos untertrieben. Sie sind viel schöner, als man es uns beschrieben hat. Bryan wird viele Neider haben. Aber er schert sich ja einen Dreck um die Meinung des *Landadels*.«

»Des Landadels?«, fragte Manou erstaunt.

»Ja, seine Professorenkollegen.«

Bryan protestierte: »Sie sind doch nicht alle so.«

Bruno ließ sich nicht beirren: »Aber die meisten!«

Manou war beim Eintreten der beiden Männer sofort aufgestanden und reichte ihnen nun die Hand. »Freut mich sehr, Sie kennenzulernen.«

Bryan wollte alle zum Essen ins Restaurant einladen, aber Manou protestierte. »Wir könnten doch was zubereiten. Wir haben noch genügend hier, und ich finde es hier auch gemütlicher.«

Caroline und Zoe waren von der Idee begeistert, und so begannen sie sofort, mit Manou zusammen in der Küche werkeln.

Bryan war etwas nervös. Er kannte ja Manous Kochkünste nicht. Nach fünf Minuten begann es jedoch schon angenehm zu riechen, und nach einer halben Stunde stand das Essen auf dem Tisch.

Manou entschuldigte sich »Es ist kein Dinner, nur eine einfache Mahlzeit.«

»Was ist es?«, fragte Bryan: »Es sieht aus wie Fisch!«

»Das ist Zichorie in Schinken eingerollt und mit Käse gratiniert.«

»Und Bratkartoffeln.« Peter hatte sofort geschaltet.

Sie langten kräftig zu und Manou befürchtete schon, dass die Menge nicht reichte. Bruno verzehrte den letzten ‚Fisch‘. Beim Aufräumen und dem Abwasch wollten alle Hand anlegen, aber Manou verscheuchte die Männer aus der Küche. »Ihr habt hier nichts mehr zu suchen, den Kaffee servieren wir in der Bibliothek.«

Nach zehn Minuten saßen alle einträchtig in der Bibliothek zusammen, tranken gemütlich einen *Digestif*, und der Abend zog sich noch lange hin.

Als die Besucher gegangen waren, sagte Manou anerkennend: »Du hast wirklich freundliche und nette Nachbarn. Sie gefallen mir sehr.«

»Das freut mich, es sind nette, hilfsbereite Menschen. Es würde mich belasten, wenn du sie nicht mögen würdest. Brauchst du noch Hilfe?«

»Caroline und Zoe haben schon alles weggeräumt.«

»Dann wünsch ich dir noch eine gute Nacht und danke für alles.« Diesmal küsste er sie. »Ach übrigens, wo hast du so gut kochen gelernt?«

»Ich habe schon so manchen Job in meinem Leben gehabt«, sagte sie lächelnd.

Sie ging nach oben und zu Bett. Sie schlief schnell ein, träumte aber nur wirres Zeug.

Der nächste Tag würde die Entscheidung bringen.

Nightlife

Auch der nächste Tag brachte keine Entscheidung, nur Shopping mit Bryan. Manou fand es herrlich, mit ihm einkaufen zu gehen. Sie hatte noch nie einen solchen Mann kennengelernt. Er brauchte Übergrößen. Sie stand auf solche Männer, dabei war er überhaupt nicht so ungehobelt und brutal wie ihre vorherigen Bekanntschaften. Er war schließlich Professor, also musste er dezent, vornehm und trotzdem körperbewusst gekleidet sein. Sie wusste, was zu jedem Anlass passte.

An diesem Abend suchte sie wieder alleine ihr Zimmer auf. Bryan hatte sie noch umarmt und sich für den angenehmen Tag bedankt.

Die nächsten Tage brachten auch keine Entscheidung. Manou wollte den richtigen Moment abwarten. Die Gelegenheit würde sich schon noch bieten. Sie genoss das Leben mit ihm. Er war so ganz anders als ihre bisherigen männlichen Bekanntschaften. Aber sie kannte die Männer zur Genüge. Jeder verlor irgendwann die Beherrschung, und dann hagelte es Vorwürfe. Aber sie hatte ja noch ein schweres Geschütz in petto. Ihre Enthüllung würde eine gewaltige Explosion in dieser kleinbürgerlichen Gesellschaft verursachen. Doch je länger es dauerte, desto unsicherer wurde sie.

Bryan wusste nicht mehr, was er denken sollte. Manou brachte sein ganzes Leben durcheinander. Er war es gewohnt, alles zu planen, aber diese Frau warf seine ganze Planung über den Haufen. Er hatte den Eindruck, als erahnte sie seine Gedanken schon, bevor er sie dachte. Es war, als würde er sie schon lange kennen, als hätte er sie nur zu treffen brauchen, als wären sie füreinander bestimmt.

Er hielt nicht viel von Bestimmung oder Schicksal. Aber war nicht die Chaostheorie Schicksal? Das passte aber wiederum nicht zur jetzigen Situation. Er musste zugeben, dass er hier mit seiner Mathematik und seinem Latein am Ende war. Abwarten und nichts überstürzen, das war alles, was ihm sein Verstand im Augenblick riet.

Manou war natürlich kein Mauerblümchen und wollte sich amüsieren. Sie kannte ihren Effekt auf Männer zu Genüge. Schmal gebaut, mit einem gut gefüllten BH, zog sie die Blicke der Männerwelt auf sich.

Am Abend gingen sie aus. Auf dem Programm zuerst ein Dinner in einem schicken Restaurant, danach der Besuch in einer Disco.

Schon beim Essen grüßte sie ein älterer Herr in Begleitung freundlich.

Bryan stellte die beiden Manou vor. »Herr Welter, mein Direktor und seine Gattin.«

»Ah, Sie sind Fräulein Manou. Sie haben ja viele Hasen aufgescheucht«, sagte der Direktor lachend.

»Und ich dachte, es wäre Schonzeit«, parierte Manou schlagfertig.

Beide lachten herzhaft, dann sagte Herr Welter: »Bin sehr erfreut, Ihre Bekanntschaft zu machen.« Und an Bryan gewandt: »Sie haben ja Ihre Karten gut versteckt. Wie viele Trümpfe haben Sie noch im Ärmel?«

Frau Welter nahm Manou kurz beiseite und sagte leise: »Bryan ist ein gutherziger und bescheidener Mensch. Viele seiner Kollegen mögen seine einfache Art nicht. Ich gönne ihm sein Glück. Er verdient es, dass Sie voll und ganz zu ihm stehen.«

»Das werde ich«, flüsterte Manou zurück.

»Ja, Mädchen. Du siehst aus wie jemand, der weiß, was er tut.«

»Ich werde mir Mühe geben.«

Bryan hatte einen ausgezeichneten Geschmack. Das Dinner war vorzüglich, der Wein fabelhaft, und leicht angeheitert gingen sie anschließend in die Disco. Manou war das erste Mal hier, aber Bryan schien ein gern gesehener Gast zu sein. Er wurde von vielen begrüßt und stellte Manou jedes Mal als »gute Freundin« vor.

Galant machten seine Bekannten ihnen Platz, und sie saßen bald inmitten einer angeheiterten, freundlichen und lustigen Gesellschaft.

Mit der Fragerei hielt man sich am Anfang etwas zurück, aber bald war Manou Gesprächsthema Nummer Eins. Woher kam sie? Wie hatten die beiden sich kennengelernt? Welche Zukunftspläne hatten sie? Was machte sie beruflich?

Manou war freundlich, gab jedoch nur belanglose Antworten. Einige von Bryans Freunden forderten sie zum Tanz auf. Sie sah Bryan an, er nickte.

Sie spürte, dass er ihr vertraute, und bei ihm fühlte sie sich am wohlsten. So hatte sie sich noch nie in Gesellschaft eines Mannes gefühlt.

Ihr jetziger Tänzer gefiel ihr überhaupt nicht. Er war einer dieser Typen, die glaubten, keine Frau könne ihnen widerstehen und die eine Abfuhr nicht hinnahmen. Er wollte etwas zudringlicher werden. Manou entschuldigte sich höflich mit der

Bemerkung: »Ich muss mich unbedingt hinsetzen, ich bin etwas erschöpft ...«

Er begleitete sie zu ihrem Platz. Sofort nahm sie Bryans Arm und hielt sich daran fest.

»Ich bin ein wenig müde und möchte nicht mehr tanzen«, sagte sie zu ihm – etwas lauter, damit alle es mitbekamen. Die meisten erkannten auch die wahre Ursache, und von vielen erntete sie verständnisvolle Blicke.

Sie verabschiedeten sich bald, und auf dem Heimweg fragte Bryan Manou unumwunden: »Du magst den Typen nicht?«

»Nein.«

»Ich auch nicht.« Er lächelte sie an, verlor aber kein Wort mehr darüber.

Zu Hause küsste sie ihn leidenschaftlich und drückte sich eng an ihn. Zaghaft fragte sie: »Willst du denn nicht mit mir schlafen?«

»Nichts lieber als das.«

»Wann denn?«

»Wenn wir beide dazu bereit sind.«

Er wollte warten. Er wollte es genießen. Einen solchen Mann hatte sie wirklich noch nie kennengelernt. Manou dachte, sie würde höchstwahrscheinlich nie dazu bereit sein. Aber er hatte es ja so gewollt. Trotzdem nahm sie einen immer größeren Platz in seinem Leben ein. Er versteckte sie nicht wie ihre früheren Bekanntschaften, die sie schamlos ausgenutzt hatten, sondern führte sie aus, machte sie zum Mittelpunkt. Sie hatte immer mehr die Befürchtung, dass sie im Begriff war, Bryans Leben komplett zu zerstören.

Aber hatte er es nicht verdient? Er war ja schließlich ein Mann!

Bryan dachte angestrengt nach. Hatte er richtig gehandelt? Hatte sie ihm nicht angeboten, mit ihm zu schlafen? Irgendwie schon. Aber er wollte den jetzigen Zauber nicht brechen. Normal waren es ja die Männer, die den ersten Schritt machten. Manou hatte ihn überrumpelt. Er hatte konkrete Vorstellungen von sexuellem Zusammenleben und wollte es langsam angehen. Die sexuellen Erfahrungen, die er bis jetzt gemacht hatte, waren eher enttäuschend gewesen. Sex war für ihn ein wichtiger Bestandteil einer Bindung, kein nötiges Übel oder eine banale Prozedur wie Händeschütteln.

War es so schwer, eine solche Bindung zu genießen? Einige seiner früheren Freundinnen hatten sich nach einigem Hin und Her endlich bereit erklärt, es über sich ‚ergehen' zu lassen. Sie hatten sich auf den Rücken gelegt in der Pose »Besorge es mir«. Er hatte versucht, mit Streicheln und Liebkosungen diese regungslosen Körper zu beleben, mit dem Resultat, dass sie ein oder zwei Mal stöhnten und so taten, als hätte seine Bemühungen Erfolg gehabt. Für ihn war Sex keine Sportart, in der es darum ging, so viele Stöße wie möglich pro Minute nach Nähmaschinenprinzip zu bewerkstelligen. Man war nicht in einem Film, in dem man möglichst gut auszusehen hatte, wenn man eine Performance hinlegen musste.

Welch eine primitive Auffassung von Sex!

Er kam nicht drum herum, Manou mit seinen früheren Bekanntschaften zu vergleichen. Fiona, eine seiner Freundinnen, war zwar sehr willig gewesen: Sex war für sie sehr wichtig. Aber nicht heute, denn sie war zu müde oder hatte Migräne oder irgendetwas anderes, meist komplett Unnützes vor, das absolut nicht warten durfte. Sie konnte sich auch nicht einfach so hingeben, sonst hätte er womöglich gedacht, er hätte ein leichtes Spiel mit ihr. Sie ging ja schließlich nicht mit jedem ins Bett.

Wieso überhaupt leichtes Spiel? Hatte sie denn noch andere Gäule im Rennen gehabt? Wenn er Sex wollte, dann dachte er an Sex und nicht an irgendwelche Spielchen oder andere Hinterlistigkeiten. Wenn es dann endlich soweit war und ihr die Entschuldigungen ausgegangen waren, musste er zuerst auf die Kleider aufpassen. Diese unförmigen Flodderfetzen waren ja so teuer gewesen. Dann war es ihre Frisur. Ihre Haare durften bloß nur nicht durcheinandergeraten, sonst könnte womöglich noch jemand auf die Idee kommen, dass sie ‚gedackelt' worden wäre. Danach war es ihr Körper an sich, denn sie bekam ja so leicht blaue Flecken. Sie hätte doch nur zu sagen brauchen »Ich will es nicht«, anstatt dieses Theater aufzuführen und immer wieder zu beteuern, dass sie es toll fände, aber dass sie ja für heute mehr als genug habe.

Manou bewegte sich ganz anders als diese Tussen. Sie sah viel weiblicher und auch begehrenswerter aus. Mit ihr musste es was ganz Besonderes sein, da war er sich sicher. Und sie hatte es ihm quasi spontan angeboten. Für sie war es bestimmt kein lästiges Übel. Doch Bryan wusste, die Vorfreude war die größte Freude, und die wollte er so lange wie möglich genießen.

Der Alltagstrott

Nach einer gewissen Zeit des Zusammenlebens verfällt man allzu leicht in Stereotypien. Das Leben läuft nach Schema X ab. Manou hatte das so oft erlebt. Bei Bryan war es jedoch genau das Gegenteil. Jeder Tag brachte neue Überraschungen. Es war wie auf einer Achterbahn. Es ging rauf und runter.

Das schlechte Gewissen plagte sie jeden Abend. Es schaltete sich erst beim Schlafengehen ein. Während des Tages hatte sie oft überhaupt keine Zeit, um über ihr jetziges Leben nachzudenken. Es folgte eine Abwechslung nach der anderen. Manchmal vergaß sie sogar ihre sexuelle Angehörigkeit und fühlte sich wie eine echte Frau.

Sie entschloss sich, dieses Leben einfach erst einmal zu leben. Die Zukunft würde alle klüger werden lassen und eine Auflösung des Rätsels um ihre Person herbeiführen. Trotzdem musste sie immer wieder daran denken, auch wenn sie versuchte, diese Gedanken zu verscheuchen.

Mit Schrecken dachte sie dann an das große *Finale*, wie sie es sich vorgestellt hatte. Was kam danach? Es wurde immer unvorstellbarer. Irgendwann würde sie klammheimlich verschwinden müssen, so als wäre alles nur ein Traum gewesen. Aber sie konnte sich nicht dazu entschließen. Nicht heute, vielleicht morgen – mit der Gewissheit, dass sie es doch nicht übers Herz bringen würde.

Bryan zeigte ihr sein Leben, nahm sie überall mit hin. Sie gehörte jetzt zu ihm. Jeden Morgen dachte sie, heute würde er es ganz bestimmt bemerken, auch wenn sie alles tat, um sich nicht zu verraten.

In einer Dorfgemeinschaft wurde viel getratscht, und Gerüchte machten schnell die Runde. Man redete über sie. Wer war sie? Woher kam sie? Was wollte sie? Die Dorfbewohner würden versuchen, so viele Informationen über sie wie möglich aus Caroline und Zoe herauszubekommen, auch wenn sie sich den beiden gegenüber sehr bedeckt hielt, was ihre Vergangenheit anging.

Die zwei wurden auch nicht müde, von Manou zu schwärmen. Wie gebildet und vornehm sie war und wie sie sich kleidete. Sie war klug und wusste, was sich gehörte. Manou konnte nur aus einem sehr vornehmen Milieu stammen. Und Bryan, der Mathematikprofessor, war ja auch nicht irgendwer. Der würde sich nicht mit jeder x-beliebigen Frau einlassen. Wahrscheinlich kannten sie sich schon lange, und Bryan hatte einfach nur gewartete, bis er sich seiner Sache sicher war. Er band ja auch nicht gleich jedem sein Privatleben auf die Nase. Aber bestimmt kannten sie sich schon länger, so, wie sie miteinander umgingen, das sah doch ein Blinder.

Die Chance, dass jemand zufällig herausfand, wie es um Manous Vergangenheit tatsächlich stand, war eigentlich gleich null. Sie hatte so lange im Ausland gelebt, dass ihre Spuren praktisch nicht zurückzuverfolgen waren. Und dass jemand auftauchte, der sie von früher kannte, war auch unwahrscheinlich. In einer Großstadt wäre das Risiko größer gewesen. Aber hier, in dieser ländlichen Gegend, musste sie einen solchen Zufall nicht befürchten.

Natürlich verschwieg sie, woher sie wirklich stammte. Bryan war dies auch nicht wichtig. Wenn die Zeit gekommen war, würde sie es ihm vielleicht einmal erzählen. Er war nie in Eile, wenn es darum ging, etwas aus der Vergangenheit anderer zu erfahren. Er lebte im Hier und Heute.

Die Scheune war sehr gemütlich, und Manou wollte nicht jeden Abend ausgehen. Sie genoss es sehr, wenn sie es sich abends zu Hause bequem machten. Zu dieser Jahreszeit war es abends noch lange hell. Hinter der Scheune, zur Seite eines kleinen Baches, befand sich eine Terrasse mit Garten. Manou liebte die Natur und die Ruhe, die dieses beschauliche Plätzchen ausstrahlte. Das Plätschern des Wassers, der Duft der Wiese und die Farbenpracht der Blumen. Sie fand, Bryan und sie hatten so vieles gemeinsam.

Im Garten gab es neben den vielen Blumen auch etliche Sträucher und einige Obstbäume, außerdem hatte Bryan einen kleinen Gemüsegarten angelegt.

Sie kannte sich damit ein wenig aus, denn sie hatte früher eine Weile in der Floristik-Abteilung eines Supermarktes als Aushilfskraft gearbeitet. Die Floristin war ein herzensguter Mensch gewesen und hatte sie vieles gelehrt. Auch als bekannt wurde, dass Manou keine echte Frau war, hätte diese sie am liebsten behalten, da sie eine ausgezeichnete Arbeitskraft war, aber die Betriebsleitung hatte das nicht so gesehen und Manou mit sofortiger Wirkung gefeuert. Grund: Sie hatte bei der Einstellung falsche Angaben gemacht. Dagegen hatte sie leider nichts unternehmen können.

Manou half Bryan gerne bei der Gartenarbeit, und es gab immer etwas zu tun. War er nicht da, bekam sie oft Besuch von Caroline und Zoe, die beiden Unzertrennlichen, die ihr gerne halfen und noch lieber redeten, jedenfalls Caroline. So erfuhr Manou vieles aus Bryans Leben.

Die Tomaten und Peperoni, Bryans Stolz, waren schon fast reif. Irgendwie passte ein solcher Garten nicht zu dem kühlen, berechnenden, riesigen Mathematiker. Aber dieser war völlig unkonventionell und so vielseitig. Er passte insgesamt nicht in ein Schema.

Nachmittags saßen sie manchmal im Schatten eines großen Sonnenschirmes, oder sie machten es sich auf der Hollywoodschaukel gemütlich. Und so manchen gemütlichen Abend verbrachten sie beim Kerzenschein und einem Gläschen Wein. Wenn es kühler wurde, zog Manou gerne einen der weiten Pullis von Bryan über und wickelte sich in eine Plüschdecke. Sie redeten dann über vieles, ihre Vergangenheit, ihre Zukunft. Manou passte höllisch auf, dass sie nur wenige Details über sich verriet.

Auch jetzt saß sie neben Bryan auf der Hollywoodschaukel. Sie hatte sich wieder in die Decke eingemummt, ihre Füße hochgezogen und sich in seinen Arm gekuschelt. Die Nähe zu ihm berauschte sie. So wie beim Tanzen. Als ihre Stirn seine Wange berührte, bekam sie fast Atemnot. Dieses Gefühl hatte sie noch niemals verspürt. Es war toll, berauschend und trotzdem beklemmend. Sie konnte und wollte sich diesem Gefühl nicht hingeben, trotzdem verspürte sie es immer wieder und immer öfter. Sollte es ihm ebenso ergehen? Sie versuchte, ihren Atem zu beruhigen und lauschte seinem. Er atmete ruhig und gleichmäßig. War sie ihm gleichgültig, oder hatte er sich so unter Kontrolle? Trotzdem schloss er sie liebevoll in seine Arme. An was mochte er wohl gerade denken? Dachte er auch so intensiv an sie?

Als hätte er ihre Gedanken erahnt, drückte er sie fester an sich. So saßen sie noch eine Zeit lang schweigend da.

Grenzüberschreitung

Die Zeit verging im Fluge. Jeder Tag brachte neue Erlebnisse. Manou begann, dieses neue Leben zu genießen. Sie stand im Mittelpunkt, ein komplett ungewohntes Gefühl. Es war fast schon berauschend, aber sie hatte ein Problem!

Manche Probleme lösten sich mit der Zeit von selbst. Probleme aber, die auf einer Lüge aufbauen, werden immer größer. Je länger man sie vor sich herschiebt, desto schneller wachsen sie. Man verstrickt sich in Widersprüche, und die Lage wird immer aussichtsloser.

Eigentlich war es ja keine Lüge. Manou hatte Bryan nur noch nicht aufgeklärt, wie es um ihre Person stand. Aber je länger sie wartete, desto aussichtsloser wurde ihre Situation. In dieser Beziehung war sie ein Feigling. Jeden Tag stand sie mit dem festen Entschluss auf, ihm endlich reinen Wein einzuschenken, und jeden Abend schlief sie mit der Entschuldigung ein, dass sich keine Gelegenheit dazu geboten hatte. Sie fasste dann den Entschluss, es am nächsten Tag ganz bestimmt zu tun – mit der Quasi-Gewissheit es doch wieder nicht übers Herz zu bringen.

In der Jerry Springer Show hatte sie die Reaktion verschiedener Männer zu diesem Thema gesehen. Es war zwar bloß eine Show, aber die Reaktionen ließen ahnen, wie viele darüber dachten. Einiges hatte sie ja auch selbst miterlebt. Diese Sendung gab recht deutlich eine Palette von Meinungen her, auf die man sich vorbereiten sollte. Manche Männer nahmen es zwar gelassen, für sie stand die Person im Vordergrund. Manche wurden aber auch gewalttätig, für sie schien das, was sie als »real woman« betrachteten, bloß eine Kindergebärmaschine darzustellen. Und dabei waren mache der Transgender-Frauen echte Schönheiten, wohingegen viele der »echten« Frauen, die man in diesen Shows zu Gesicht bekam, eher unförmigen Fleischklopsen glichen.

Was war denn eine echte Frau? Manou wusste überhaupt nicht mehr, was sie denken sollte. Sie lebte jetzt schon fast einen ganzen Monat mit Bryan zusammen, und er hatte noch immer nicht versucht, mit ihr einen sexuellen Kontakt aufzubauen. Für sie war das höchst ungewohnt, ja sogar peinlich. Ihre vorigen Männer waren alle das Gegenteil gewesen, die sofort mit ihr ins Bett wollten, manchmal schon, bevor sie überhaupt ihren Namen kannten. Er war so ganz anders. Woher kam das? Hatte er ihr Geheimnis schon entdeckt? War er anormal? Suchte er nur eine Gesprächspartnerin? Eine platonische Liebe? Dabei war er doch feinfühlig, merkte sofort, wenn sie sich Gedanken machte. Wenn ihr etwas zu fehlen schien.

Die Gefühle, die er in ihr geweckt hatte, beunruhigten sie. Es war so, als hätte sie schon immer auf ihn gewartet, als könne sie ohne ihn nicht mehr auskommen. Der Gedanke, ihn zu verlieren, wurde von Tag zu Tag unerträglicher, und doch würde eines Tages das Unausweichliche geschehen.

Der Tag begann mit herrlichem Sonnenschein. Es war einer dieser wunderbaren, heißen Sommertage, die einen zum Sonnen und Baden einluden. So brachen sie am frühen Nachmittag zum Freiluftbad auf. Manou ging nicht schwimmen, sondern trug zu ihrem Bikinioberteil etwas weitere Shorts. Sie wusste, die standen ihr fabelhaft mit ihren schmalen Hüften. Sie sonnte sich, und ihre Haut hatte im Laufe der letzten Sommertage einen bräunlichen, matt schimmernden Teint bekommen. Er passte ausgezeichnet zu ihren pechschwarzen Haaren, und sie zog unweigerlich die Männerblicke auf sich.

Hätten die gewusst, dass sie kein Girl war, hätte sie Probleme bekommen. Aber sie hatte schließlich auch ein Recht auf Leben, auf ihr Leben, so, wie sie es sich vorstellte. Nur lebte auch sie in einer Umwelt, in der von jedem erwartet wurde, dass man sich anpasste, in der man in ein Schema hineingezwängt wurde. Für Menschen wie sie gab es aber kein Schema. Hatte sie also doch kein Recht auf Leben?

Bryan riss sie aus ihren Grübeleien. »Du gehst heute auch nicht mit ins Wasser?«

Sie verneinte. »Du weißt, ich bin wasserscheu.«

Es war die einfachste Lösung, denn die nassen Kleider, die am Körper klebten, hätten sie sofort verraten.

»Ich drehe ein paar Runden«, hörte sie ihn sagen, während er mit einem Kopfsprung schon im Pool verschwand. Sie setzte sich an den Rand und ließ die Füße im Wasser baumeln, sah ihm zu, wie er zwei Längen durchschwamm. Manou musste sich eingestehen: Er sah fabelhaft aus. Muskulös, durchtrainiert. *Durch und durch männlich*, dachte sie. Sie konnte so gar nicht verstehen, dass Frauen nicht auf solche Typen flogen. Stattdessen begnügten sie sich mit den weinerlichen, hilflosen Kerlen, diesen Memmen, die irgendwie immer krank waren und denen man »Eier unter den Schwanz legen musste«, bevor sie einmal rüberkamen. Bryan war jedenfalls imstande, eine Familie zu ernähren und zu beschützen. Gerne wäre sie ihm gefolgt, hätte sich im Wasser an ihn gehängt, seinen nackten Körper berührt ...

Er tauchte wieder neben ihr auf. »Das Wasser ist herrlich.« Er nahm ihre Hand, um sie hineinzuziehen, aber das brauchte er nicht. Sie stieß sich ab, landete mit einem Platschen auf ihm und hielt sich sofort an ihm fest. Der Kontakt mit seinem nackten Körper elektrisierte sie förmlich.

Eine Zeit lang tollte sie mit ihm im Wasser herum, hielt sich oft an ihm fest. Ihre Körper berührten sich ständig, und wie im Rausch küsste sie ihn auch immer wieder.

Er lachte: »Ich wusste nicht, dass du so wasserscheu bist!«

»Da wusste ich noch nicht, dass man so schön im Wasser spielen kann«, antwortete sie lachend.

Sie hätten ewig so weitermachen können, aber nach einiger Zeit wurde es Manou doch kalt. »Ich friere. Ich gehe lieber raus und mich umziehen.« Nach einer letzten heißen Umarmung stieg sie aus dem Wasser.

Bryan wollte noch ein paar Runden drehen. Glücklicherweise hatte sie die Shorts an, so konnte niemand etwas erahnen. Manou band sich ein Handtuch um die Hüften und verschwand mit ihrer Tasche in der Damenkabine. Sie hatte vorgesorgt und eine zweite Garnitur dabei. Man konnte ja nie wissen, und alle Wertsachen hatte sie in ihrer Tasche verstaut, so konnte Bryan getrost schwimmen und musste nicht aufpassen, und sie hatte die nötige Zeit zur Verfügung, um sich komplett umzuziehen.

Nach getaner Arbeit betrachtete sie sich im Spiegel. Sie sah wieder perfekt aus. Sie wickelte die nassen Kleider in ihr Badetuch, nahm ihre Tasche und ging zu ihrem Liegeplatz zurück. Bryan stieg aus dem Wasser, trocknete sich ab und lud sie zu einem Drink oder einem Eis auf der Terrasse ein.

Die Gedanken, dass in nächster Zukunft all dies zu Ende sein würde, waren ihr unerträglich. Dabei war sie mit dem festen Entschluss aufgewacht, endlich Farbe zu bekennen, aber jetzt war sie überhaupt nicht mehr sicher.

»Etwas bedrückt dich seit einigen Tagen. Willst du nicht darüber sprechen?«, fragte Bryan plötzlich.

Nein, hier war definitiv nicht der richtige Ort und nicht der richtige Augenblick. Es würde sich bestimmt eine bessere Gelegenheit bieten.

Die Sonne neigte sich schon dem Horizont zu, als sie ihre Sachen packten. Bryan lud sie noch in eine Mini-Pizzeria ein, um eine Kleinigkeit zu essen. Nein, sie müsse nicht jeden Tag kochen.

Manou hatte zwar noch nicht sehr oft gekocht, aber als sie das Lokal sah, ließ sie sich sofort überreden. Es war klein und überaus sympathisch, und die Tische waren so schmal, dass sich ihre Knie berührten. Sie hatte die Augen geschlossen, um die Erotik dieser Berührung zu genießen.

»Schläfst du schon? Wir müssen noch bestellen«, sagte Bryan lachend.

»Nein, ich habe nur nachgedacht.«

So, wie er sie mit seinen blauen Augen ansah, merkte sie, dass er sie irgendwie durchschaut hatte. Das Blau seines T-Shirts untermalte das seiner Augen und ließ sie aufleuchten.

Sie aßen gemütlich. Sie hatten ja Zeit, und der Abend würde noch lang werden.

Während der Rückfahrt legte sie ihre Hand auf Bryans Oberschenkel. Sie war total in diesen Typen verknallt.

Schmerzliche Erkenntnis

Endlich zu Hause. Manou konnte ihre Augen nicht mehr von Bryan abwenden. Das Spiel am Nachmittag, dann das kleine Restaurant, wo ihre Knie die seinen berührten, all das hatte sie vollends aus dem Häuschen gebracht. Sie konnte nicht mehr klar denken und vergaß alle Vorsicht.

Sie waren endlich allein. Es würde ein sehr romantischer Abend werden. Bryan und Manou mochten Musik. Er besaß eine ansehnliche Sammlung für fast jede Geschmacksrichtung. Er hatte ein sehr langsames Lied gewählt, die Anlage war gedämpft, ebenso das Licht. Sie tanzten miteinander. Manou stand auf ihren Zehenspitzen auf Bryans nackten Füße, ihre Arme um seinen Hals geschlungen und ihren Körper fest an den seinen gepresst.

So konnten sie sich küssen und ihre Körper im Takt bewegen.

Es berauschte Manou, am liebsten wäre sie in Ohnmacht gefallen.

Ihre kurzen Shorts behinderten sie nicht beim Berühren von Bryans Beinen. Sie küssten sich leidenschaftlich.

Manou flüsterte ihm ins Ohr: »Bryan David, ich liebe dich!«

Sie bewegten sich synchron im Takt. Sie presste ihren Unterleib fest gegen ihn. Ihre Bewegungen wurden immer berauschender. Sie waren schon weit über den *Point of no return* hinaus. Ihr Atem wurde schneller. Sie hatte sich so in ihre Rolle hineingesteigert, dass sie vollkommen vergessen hatte, wer sie war.

Er nahm sie hoch und trug sie ins Schlafzimmer, kleidete sie langsam aus. Streichelte ihre Brüste, ihre Brustwarzen, dann über ihren Bauch, ihre Schambehaarung, und dann ...

Er riss die Decke zurück und starrte auf ihren Unterleib. Er hatte sich nicht vergriffen. Manou besaß ein männliches Glied. »Das darf doch nicht wahr sein!«

Er richtete sich auf und starrte sie an.

Sie war kreidebleich geworden. In einer solchen Situation hatte sie schon einmal Prügel bezogen. Sie zitterte: »Bitte schlag mich nicht!«

»Das darf nicht wahr sein! Oben bist du die tollste Frau, die ich kenne, und unten bist du ein Kerl?«

Sie bedeckte ihren Unterleib sofort wieder. Sie schämte sich und wollte sich verbergen.

Bryan richtete sich auf und beobachtete sie eingehend. Hatte er sich gerade getäuscht? Nein, er hatte sich nicht getäuscht. Der Teil ihres Körpers oberhalb des Nabels ließ keine Zweifel zu. Er gehörte eindeutig einer Frau, die Beine gehörten ebenso eindeutig einer Frau, und dazwischen war sie ... eindeutig männlich. Es war keine Illusion. Sie war ein kompletter Anachronismus. So etwas wie sie existierte überhaupt nicht, das gab es nicht, konnte es nicht geben.

Bryan war durcheinander. Eine Meerjungfrau, das hätte er hinnehmen und verkraften können. Und er hatte sie – *ihn* leidenschaftlich geküsst. Er empfand nicht einmal Abscheu. Denn der Teil, den er geküsst hatte, gehörte eindeutig zu einer Frau. Oder...? War das jetzt ein böser Traum, oder war es die Realität?

Er schaute sie noch einmal an. Sie war ein Mann, nein, eine Frau ... oder doch nicht?

Seine Gedanken überschlugen sich. Er fasste sich an die Stirn. Nein, es war kein böser Traum, es war die nackte Realität. Er legte sich zurück und schloss seine Augen. Die schönen, fantastischen Momente der letzten Tage zogen an seinem inneren Auge vorbei. Er war in seinem Leben noch nie so glücklich, so verliebt gewesen. Er hatte seine Lebensgefährtin gefunden, jedenfalls glaubte er das, und jetzt ... Er öffnete die Augen wieder, und vor ihm saß ein Kerl, ein Mann, oder eine Frau, irgendein Fabelwesen. Er glaubte nicht an Teufel, aber so musste ein Sukkubus aussehen.

Die Erkenntnis traf ihn wie ein Blitz. Deshalb hatte sie ihn so gut verstehen können! Sie überlegte nicht intuitiv wie eine Frau, sondern deduktiv wie ein Mann. Er hatte seine perfekte Partnerin gefunden, und jetzt ... Er hatte so lange gewartet, um nur nichts zu überstürzen, nichts dem Zufall zu überlassen, und jetzt ... Er hatte sich immer mehr in sie verliebt, war davon überzeugt, dass sie seine Partnerin fürs Leben war, und jetzt wusste er nicht einmal, was er denken sollte. Er dachte an alle Frauen zusammen, die er kannte. Diese hätten vielleicht die Situation ausgenutzt und ihn komplett lächerlich gemacht, aber Manou saß nur da wie ein Häufchen Elend und weinte. Sie kam ihm so hilflos vor. Fast war es ihm peinlich, dass er ihr Geheimnis entdeckt hatte. Sie hätten ewig weiterleben können wie vorher, sogar ohne Sexualität.

Wieso war sie überhaupt hier? War es wirklich nur ein Zufall, dass er ihr begegnet war, oder war es ein böser Streich von einigen seiner Berufskollegen, von der bösartigen Clique um Mireille Tom, dem Schreckgespenst des Gymnasiums, deren Abneigung gegen ihn grenzenlos war und die seine Unerfahrenheit in Sachen Frauenkenntnis schonungslos zur Schau stellen wollte?

Ein Haufen Verschwörungstheorien schossen ihm durch den Kopf. So wichtig war seine Person nun auch wieder nicht, dass man einen »Spezialagenten« auf ihn ansetzen würde. Und Manou sah in ihrem jetzigen Zustand überhaupt nicht wie eine Spezialagentin aus, eher wie ein Häufchen Elend.

Er dachte, er werde verrückt, er denke nur noch Blödsinn. Aber die Tom, eine Englischprofessorin aus dem Gymnasium, die eher aussah wie ein lächerlicher Clown-Pittbull, hatte ein Auge auf ihn geworfen und ihm schon Avancen gemacht. Doch er war überhaupt nicht drauf eingegangen. Er hätte es lieber mit einem Affen getrieben.

Er verwarf den Gedanken wieder. So etwas war unwahrscheinlich, denn sie hatten schon unmissverständlich abwertende Äußerungen über Manou gemacht. Dabei scherte er sich nicht darum, was die anderen dachten. Das war jetzt auch bedeutungslos. Manou lag noch immer neben ihm und weinte bitterlich.

Etwas aufgebracht fragte Bryan: »Was soll das, wo ist der Haken?«

»Es gibt keinen Haken. Damals auf der Brücke wollte ich springen. Du hast mich daran gehindert. Ich wollte dir die Schmach heimzahlen, die ich durch alle meine früheren Bekanntschaften erlitten habe.«

»Na, Mädchen, das ist dir ja gelungen.« Er war selbst erschrocken. Er hatte sie spontan *Mädchen* genannt.

Irgendwie bekam er das alles nicht auf die Reihe.

Manou fuhr leise fort: »Du warst so gut zu mir, so liebevoll, dass ich es nicht mehr konnte. So etwas habe ich noch nie erlebt. So ein intensives Gefühl habe ich nie zuvor verspürt. Bei dir konnte ich mich als richtige Frau fühlen. Und dann Caroline und Zoe. Ich mag sie sehr. Sie sind in der kurzen Zeit echte Freundinnen geworden. Ich hatte nie solche Freundinnen.«

»Wissen die beiden etwas?«, fragt Bryan misstrauisch. Nein, unmöglich konnten Caroline und Zoe dahinterstecken. Zu so einer Hinterhältigkeit wären sie nicht fähig.

»Niemand weiß etwas über mich. Ich dachte, ich wäre Herr meiner Gefühle. Aber so etwas wie mit dir habe ich noch nie erlebt. Ich hab mich Hals über Kopf in dich verliebt. Aber ich habe nun mal kein Glück. Ich werde mir eine Arbeit suchen und dir alles zurückzahlen.«

»Was willst du zurückzahlen?«

»Die schönen Kleider, alles, was du in mich investiert hast!«

Bryan schüttelte den Kopf. Geld war das allerletzte, das ihn jetzt interessierte. Es war so was von bedeutungslos. »Nein, das kommt nicht in Frage! Schon vergessen? Es war ohne Wenn und Aber. Und glaube mir, das ist im Augenblick das unbedeutendste Problem.«

»Verzeih mir, ich habe dir wehgetan. Ich fühle mich so schuldig.« Schuldig im Sinne der Anklage. Das hatte sie schon ein paar Mal gehört.

Was ist eine Frau?

Nun war ihr Geheimnis gelüftet. Bryan wusste jetzt, mit wem er zusammen war. Manou war keine Frau. Der letzte Akt dieser Geschichte war nun geschrieben, und sie würde ihre Wanderung wieder aufnehmen oder diesem Wirren definitiv ein Ende bereiten. Der erwünschte Effekt, der Knall, der handfeste Skandal, an den sie zu Beginn ihrer Beziehung gedacht hatte, war in weite Ferne gerückt. Sie dachte nicht mehr daran, jetzt alles offenzulegen, um ihn noch mehr zu kränken. Sie hätte sich nur selber wehgetan.

Die Erkenntnis, dass er sie jetzt verachtete, schmerzte unheimlich. Doch was sollte es? Sie war einfach nicht geboren, um glücklich zu werden.

Er lag still auf dem Rücken neben ihr und schien angestrengt nachzudenken.

Höchstwahrscheinlich, wie er mich am besten loswerden kann, dachte sie deprimiert. Sie war so müde und so enttäuscht von sich selbst. Hätte sie es ihm doch eher gesagt, dann würde die Trennung nicht so fürchterlich schmerzen. Auf der Brücke wäre sie jetzt gesprungen!

Sie richtete sich auf, die Tränen liefen ihr noch immer die Wangen hinunter, setzte sich auf die Bettkante und würgte mühsam hervor: »Ich werde packen und verschwinden. Es tut mir so leid.« Sie wollte sich schon erheben, da spürte sie seine Hand auf ihrem Arm und hörte seine Stimme hinter sich:

»Nun mal nicht so schnell. Wohin willst du denn so spät in der Nacht?« Seine Stimme hatte wieder den ruhigen, versöhnlichen Ton.

Sie sah ihn an.

Er lächelte: »Ich glaube, du bist mir einige Erklärungen schuldig.«

Sie nickte wortlos und legte sich wieder neben ihn. Was sollte sie ihm sagen, wo anfangen? Sie begann zu erzählen, aus ihrem Leben, von ihren Enttäuschungen. Je länger sie sprach, desto leichter fiel es ihr, Worte zu finden. Das letzte Kapitel in ihrem Leben war eigentlich das schönste gewesen. Bei Bryan hatte sie sich so sicher und wohl gefühlt wie noch nie in ihrem erbärmlichen Leben. Sie hatte sich Hals über Kopf in ihn verliebt und wollte bei ihm bleiben. Deshalb hatte sie die Wahrheit immer wieder aufgeschoben. Sie wollte eigentlich eine Trennung nicht überleben.

Bryan atmete ruhig und gleichmäßig. Er war eingeschlafen. Manou war maßlos enttäuscht. Sie hatte ihm doch eben ihre schönste Liebeserklärung gemacht!

Sie hätte sich jetzt ankleiden und verschwinden können. Doch dann musste sie wohl auch vor Erschöpfung eingeschlafen sein. Irgendwann erwachte sie kurz und spürte seinen Arm um sich. Sie kuschelte sich an ihn und schlief weiter. Sie träumte wirres Zeug und erlebte alle Höhen und Tiefen dieser Beziehung.

Bryan war erwacht und hörte die ruhigen Atemzüge von Manou. Jetzt war guter Rat teuer. War sie nun ein Mann oder eine Frau? Für ihn war sie bisher *die* Frau gewesen, absolut die Frau seines Lebens. Wie sollte er sich jetzt entscheiden? Ein Weitermachen ohne sie schien ihm unmöglich. Sie hatte so ein Volumen in seinem Leben eingenommen, dass alles andere nicht mehr denkbar für ihn war. Sein Leben war mit ihr sehr viel einfacher und bedeutend angenehmer geworden. Hätte er die Zeit zurückdrehen können, jetzt wäre die Gelegenheit dazu gewesen. Nur einen Tag, das hätte genügt. Er hätte ewig seinen Traum weiterleben können. Aber er musste sich nun mit der Realität auseinandersetzen.

Eine große Frage war: Was wollte er? Er verglich sein Leben ohne Manou mit seinem jetzigen. Nein, sein vorheriges Leben wollte er definitiv nicht mehr zurück. Manou war kein Mann! Sie hatte ihm ihre Lebensgeschichte erzählt, und das, was er mitbekommen hatte, bevor er eingeschlafen war, war beileibe nicht die Geschichte eines Mannes.

Er steckte in einem fürchterlichen Dilemma. Verstand und Herz, Logik und Gefühl vertraten komplett entgegengesetzte Pole. Er wusste, es wäre grottenfalsch, in diesem Zustand einen Entschluss zu fassen. In einer solchen Situation war abwarten die beste Lösung. Aber wie viel Zeit hatte er denn?

Der Mathematiker in ihm brach wieder durch, und er begann kühl und nüchtern zu überlegen. Er versuchte, sämtliche Szenarien durchzuspielen, landete aber immer wieder bei derselben Erkenntnis: Er wollte, dass sie blieb, dass sie so wenig wie möglich veränderten. Manous Ausstrahlung war komplett weiblich. Dass er in Kauf nehmen musste, dass sie irgendwie doch nicht komplett weiblich war, war auf einmal absolut bedeutungslos. Es war jetzt das kleinste seiner Probleme. Was hatte er eigentlich gesucht? Einen Partner, eine Partnerin. Nun er hatte sie gefunden und in den letzten Wochen glücklich gelebt. Dazu kamen zwar die klein karierten Ansichten der ländlichen Gesellschaft. Er lebte auf dem Dorf. Für die Leute hier zählte bei der menschlichen Spezies nur die Dualität. Doch mit seiner offenen Art hatte er schon öfter Probleme bekommen. Die Menschen im Dorf würden dies hier allerdings nicht verstehen. Das ging weit über ihren Horizont hinaus. Aber das war ihm in der jetzigen Situation so was von egal.

Wenn Manou ihn jetzt verließ, musste er notgedrungen Erklärungen abgeben. Er wusste, er war ein schlechter Lügner, und über kurz oder lang würde man doch rauskriegen, wie es um sie stand. Caroline und Zoe würden keine Gefahr darstellen, sie kannten ihn zu gut, aber im Gymnasium, da waren so einige, die die Gunst der Stunde nutzen würden, um ihn komplett lächerlich und sein Leben zur Hölle zu machen.

Das war alles nebensächlich. Er mochte einfach Manou als Person. Für ihn war sie die Frau gewesen. Wofür hielt sie sich denn selbst?

Noch einmal ging er alle Möglichkeiten durch. Immer wieder gelangte er zu dem Schluss, dass es die beste Lösung wäre, so weiterzuleben wie bisher. Diese Idee verschaffte ihm die nötige Zeit zum Nachdenken und gefiel ihm auch am besten. Jetzt beschäftigte ihn nur noch eine Frage: Was wollte Manou?

Sie wachte auf. Bryan lag neben ihr und beobachtete sie auf seinen Ellbogen gestützt.

»Tut mir leid, ich habe das Ende deiner Geschichte nicht mitbekommen. Ich muss wohl eingeschlafen sein.« Er schmunzelte und fragte unumwunden: »Was bist du jetzt? Du musst verstehen, für mich gab es bisher nur Mann oder Frau. Etwas dazwischen war für mich schier undenkbar.«

Sie begann: »Auf meinem Taufschein ...«

Er unterbrach sie sofort. »Nein, ich wollte wissen, was du für dich bist, als was du dich fühlst?«

»Als Frau!«

»Das bringt uns zur nächsten Frage: Was ist denn eine Frau?« Er überlegte laut, er war schließlich der logische Mathematiker und ging nüchtern und wissenschaftlich die verschiedenen Punkte durch: »Erstens genetisch: Ein Mann hat die XY-Chromosome, eine Frau XX. Du bist XY. Aber es gibt auch XY-Frauen. Zweitens organisch, also die primären Geschlechtsmerkmale. Hier bist du ein Mann. Bei den sekundären allerdings eine Frau, wenn ich dich so ansehe.« Er lachte. »Drittens legal: Dein Name kann ebenso gut männlich wie weiblich sein. Was steht in deinem Pass?«

»Ein F«, antwortete sie.

»Wie hast du das denn geschafft?« Er schmunzelte.

»Mit einem Trick.«

»Na ja, egal. In deinem Pass steht Frau, also bist du eine Frau. Viertens: dein gesamtes Aussehen. Das ist eindeutig das einer Frau, sonst wäre es aufgefallen – nicht nur mir. Und zuletzt bist du auch deinem Benehmen nach eindeutig eine Frau. Das macht zwei Mal Mann und drei Mal Frau. Rein mathematisch bist du für mich also eine Frau.« Er lachte wieder und setzte nach: »Das gefällt mir auch besser so, damit kann ich leben!«

Manou musste sich eingestehen: Von dieser Seite hatte sie es noch nicht betrachtet.

Bryan fuhr fort: »Seit du hier bist, hat sich mein Leben komplett verändert. Es hat einen ganz anderen Sinn bekommen. Ich muss gestehen, dass du mir nicht egal bist. Das, was ich für dich empfinde, geht weit über Freundschaft hinaus. Aber jetzt die wichtigste Frage: Was möchtest du?«

Manou sah ihn erstaunt und ungläubig an. Sie hatte alles erwartet, nur das nicht. Er hatte sie glatt überfahren. »Ich ... ich weiß es nicht! So eine Beziehung habe ich bis heute noch nicht erlebt.« Sie senkte den Blick: »Wenn du es mit mir versuchen möchtest?« Sie glaubte selbst nicht, was sie da sagte. Es kam ihr vor, als würde eine andere Person an ihrer Stelle reden.

Bevor sie noch etwas anderes erwidern konnte, sagte Bryan: »Du musst mir nur etwas Zeit geben, um mich an die neue Situation zu gewöhnen. Eine solche Bindung geht weit über mein Vorstellungsvermögen hinaus. Aber ich möchte, dass du bleibst!«

Sie kam aus dem Staunen nicht mehr heraus. Hatte er ihr jetzt eben angeboten, bei ihm zu bleiben? Sie konnte nur nicken.

»Und ich möchte dich um etwas bitten. Für alle, die uns kennen, bleibst du Manou, meine Freundin, respektive meine Lebensgefährtin. Wir wohnen hier in einem kleinen Dorf, und die Leute sind voller Vorurteile. Es wird also immer unser Geheimnis bleiben.«

Für Manou klangen seine Worte fast wie ein Heiratsantrag.

»Und ab jetzt keine Lügen mehr«, fügte er lachend hinzu. »Ich möchte nicht noch einmal so erschreckt werden! Es wird wie ein Rollenspiel: Du bist die Frau, ich der Mann, und es wird höllisch interessant werden!«

Manou gelobte ihm, ihre Rolle perfekt zu spielen. Sie wusste noch immer nicht, wie ihr geschah. Sie umarmte ihn und weinte. Endlich hatte sie eine Heimat, ein Zuhause gefunden.

Langsam ging die Sonne auf.

Der zweite Anlauf

Es war ein herrlicher, sonniger Morgen. Sie lagen noch eine Zeit lang wach nebeneinander und grübelten jeder vor sich hin.

In Bryans Gehirn jagten sich die Gedanken. Hatte er richtig gehandelt? Jede Entscheidung war die richtige. Man sollte keine bereuen. Seit er seine Entscheidung gefällt hatte, fühlte er sich merklich besser. Es war, als hätte sich die Bürde, die seit Manous Enthüllung auf ihm lastete, aufgelöst. Hatte man erst einmal eine Entscheidung getroffen, war man viel ruhiger und gelassener. Aber er hätte es sich denken können. Was war denn bei ihm bisher schon einfach und normal gelaufen? Es fing doch schon bei seiner Statur an. Niemand traute einem solchen Riesen einen Doktor in Mathematik zu. Er glich eher einem Holzfäller. Einige seiner Berufskollegen hatten sich über diesen Umstand schon lustig gemacht: Bryan Rübezahl.

Er musste lächeln. Er verspürte nur Verachtung für Typen, die auf solchen Spott zurückgriffen, um ihr eigenes schäbiges Image auf Kosten anderer etwas aufzupolieren. Natürlich hatten sich einige dämlichen Weiber dieser Gruppe von ‚Wecheiern‘ angeschlossen, die üblichen Verdächtigen eben. Die standen sowieso nur auf diese weinerlichen Witzfiguren. Als ihre Späße und Bemerkungen zu dreist wurden, hatte er sie kurz und bündig gefragt, was sie eigentlich wollten. Er hatte sie an die Worte Cromwells erinnert: *Wenn Männer mit Diskussionen nicht mehr weiterkommen, dann greifen sie zum Schwert.* »Sollte es wirklich einmal zum Handgemenge kommen, kriegt ihr den zweiten

Preis. Das ist so sicher wie das Amen nach dem Gebet«, hatte er gesagt und dabei gelächelt, aber sie hatten seine versteckte Drohung verstanden und ihn anschließend in Ruhe gelassen.

Wie hätte er auch bei solchen Vorgeschichten auf eine normale Beziehung hoffen können? Der jetzige Zustand gefiel ihm aber. Es kam ihm vor, als würde er alle an der Nase herumführen – und das mit der tollsten Person im Universum. Er war froh, sich für diese Beziehung entschieden zu haben.

Was würde die Zukunft bringen? Sollte sie nur kommen! Er fühlte sich stark und aggressiv genug, um für sein Leben zu kämpfen. Er hatte schließlich ein Recht darauf, sein Leben so zu führen, wie es ihm gefiel – und mit wem es ihm gefiel: mit Manou, seiner Lebensgefährtin.

Manou lag still neben Bryan. Was mochte er wohl denken? Sie hatte komplett die Orientierung verloren. So etwas war ihr noch nie passiert. Das war auch kein Wunder, denn eine solche Beziehung hatte sie noch nie gehabt. Aber wie war es nur möglich, dass so ein gut aussehender, intelligenter Mann, der zudem noch eine gute Partie darstellte, ihr eine Chance gab, obwohl sie nicht einmal eine richtige Frau war? Durfte sie hoffen? Das dicke Ende kam bestimmt noch. Wie sollte sie sich jetzt verhalten? Sie hatte die letzten Wochen ein berauschendes Leben geführt trotz ihres Geheimnisses, das wie ein Damoklesschwert über ihrer Beziehung gehangen hatte. Und nun hatte Bryan ihr vorgeschlagen, dieses Leben weiterzuführen.

Aber wie lange? Würde er sie auch jetzt noch an sich drücken, wie er es vorher getan hatte? Würde ihre Beziehung so heiß bleiben, wie sie es bis jetzt gewesen war, oder würde sie langsam abkühlen?

Manou war zu glücklich gewesen, um sein Angebot abzulehnen. Jeden Tag, der ihr dieses provisorische Glück schenkte, wollte sie leben – endlich ihr Leben leben. Und wie Bryan gesagt hatte: Es war ein Rollenspiel. Aber war nicht das ganze Leben ein Rollenspiel? Sie würde ihren Part perfekt spielen und dafür kämpfen, denn es war die Rolle ihres Lebens.

Bryan unterbrach ihre Grübeleien. »Heute Morgen hab ich noch Verpflichtungen. Ich werde erst gegen Mittag zurück sein.«

Sie dachte: *Jetzt kommt's! Bis dahin muss ich gepackt haben und verschwunden sein.* Hatte er es sich anders überlegt?

Er wartete einen Augenblick, ehe er sagte: »Und dann sehen wir weiter!«

»Wie weiter?«

»Ob wir was kochen oder irgendwo essen gehen?«

»Ich denke, es ist noch genügend da, und ich kann kochen.«

»Ich habe jetzt schon Hunger,« Er lachte und verschwand im Bad.

Oh, sie würde sich heute Mühe geben. Kochen war ihr Hobby, und heute würde sie sich selbst übertreffen.

»Gegen zwölf bin ich wieder zurück«, rief er ihr vor dem Verlassen der Wohnung zu.

Kurz vor zwölf trudelte Bryan tatsächlich wieder ein. Manou war fast fertig. Den Tisch hatte sie mit viel Sorgfalt gedeckt.

»Das duftet herrlich!« Bryan lugte ihr über die Schulter in den Topf. Er schloss seine Arme um sie und drückte ihr einen Kuss hinters Ohr. Er zögerte nicht einmal.

Diese Berührungen elektrisierten Manou. Sie legte eine Hand über seine Hände und lehnte sich gegen ihn. Die vergangene Nacht war nur noch ein schlechter Traum.

Sie spürte etwas Kaltes an ihrem Hals. Erschrocken führte sie die Hand dorthin und erfühlte etwas. Es war eine kunstvoll geflochtene, kurze, goldene Kette, die Bryan ihr umgelegt hatte.

»So, jetzt habe ich dich an der Kette, damit du mir nicht wegläufst!«, sagte er lächelnd.

Sie drehte ihm den Kopf zu, drückte einen Kuss auf seine Wange: »Bryan, ich werde dich nie verlassen«, flüsterte sie. »Ich bin gleich fertig. Du kannst dich schon hinsetzen. Oder vielleicht eine Flasche Wein holen?«

Ihr war irgendwie nach Feiern zumute.

Während er den Wein entkorkte, meinte sie beiläufig: »Siehst du, wie schön ich den Tisch gedeckt habe?«

»*Du* siehst wunderschön aus.«

»Nein, ich meine den Tisch.«

»Und ich meine dich.«

Sie war ein bisschen enttäuscht, aber sie konnte ihm nicht böse sein, er hatte nur noch Augen für sie.

Bryan küsste sie noch einmal, diesmal auf den Mund. Er zögerte nicht einmal. Manou musste aufpassen, dass ihr dabei nicht schwindelig wurde.

Über Tisch planten sie den Nachmittag.

»Weißt du, der gestrige Tag hat mir sehr gut gefallen«, sagte Bryan.

Sie schaute ihn etwas verzweifelt an.

»Ich meinte den Nachmittag im Freibad«, fuhr er fort.

Ach, so war das gemeint! Sie war so angespannt gewesen, dass sie alles andere um sich herum vergessen hatte. Mit einem Augenaufschlag antwortete sie: »Mir hat es auch sehr gut gefallen, ich möchte es gerne noch mal erleben.«

»Es wird heiß werden.« Er sah ihr tief in die Augen, dann lächelte er: »Ich meine das Wetter.«

Sie küsste ihn auch auf den Mund. Dann räumten sie zusammen den Tisch ab und bereiteten sich auf den Nachmittag vor. Manou packte ihre Badesachen zusammen, darunter wieder zwei weite Shorts, eine weiße und eine rote, außerdem die Strandtasche mit den Badetüchern. Sie nahmen erneut den Jeep.

Auf der Liegewiese, während Bryan vor sich hindöste und sich in der Sonne braten ließ, kam Manou wieder ins Grübeln. Was war eigentlich passiert? Was hatte sich geändert? Eigentlich gar nichts – und doch alles. Sie lagen ebenso da wie gestern, sogar an der gleichen Stelle, aber ihre Angst, ihr Unbehagen war verschwunden. Ihre Zukunft sah heute viel rosiger aus. Fast konnte sie es nicht glauben. So viel Glück konnte doch kein Mensch haben.

Sie kniff Bryan in den Po.

»Aua, was ist?«

»Ich wollte sichergehen, dass ich nicht träume.«

»Und dafür kneifst du mich?«

Sie nickte lächelnd.

Mit den Worten »Ich dreh ein paar Runden«, stand er auf und sah sie an. »Kommst du mit, oder bist du noch immer wasserscheu?«

»Ich bin noch immer wasserscheu und werde dir zusehen!«

Er duschte kurz und verschwand mit einem Kopfsprung im Pool.

Manou schaute ihm ein bisschen zu, nahm dann die Strandtasche mit den Wertsachen, ging zu den Kabinen, verstaute alles in einem Schließfach und band sich den Schlüssel um das Handgelenk. Sie wanderte zurück zum Becken, duschte nur ganz kurz, um sich abzukühlen – ihre Shorts hatte sie wie gestern anbehalten –, und setzte sich an den Rand. Sie ließ ihre Füße ins Wasser baumeln und wartete auf Bryan.

Er erblickte sie sofort. In ihrem knallroten Look war sie auch nicht zu übersehen. Als er fast bei ihr war, stieß sie sich ab und landete in seinen Armen. Es war ein herrliches Gefühl, seinen Körper zu spüren. Sie schwammen beide, aber immer wieder suchte sie seine Nähe. Mal umarmte sie ihn, küsste ihn, dann war sie wieder auf seinem Rücken, drückte ihn unter Wasser. Prustend kam er nach oben und hob sie hoch. Sie glitt an seinem Körper herunter, bis sie wieder in seinen Armen landete.

Der Abend würde auch heiß werden, so wie der Tag.

»Was hältst du davon, wenn wir heute ausgehen?«, fragte Bryan später.

Manou war einverstanden und machte sich zurecht. Sie wollte sehr sexy aussehen. Und sie wusste, dass sie das konnte. Anschließend zeigte sie sich Bryan und tänzelte auf ihren hohen Absätzen vor ihm herum.

Anerkennend pfiff er durch die Zähne. »Du wirst Furore machen«, sagte er stolz.

»Und ich möchte, dass du einen ganzen Haufen Neider hast.«

Sie nahm ihre Boa und hakte sich bei ihm ein.

Als ein Bekannter von Bryan sie in der Disco entdeckte, kam er sofort auf sie zu und lud Manou direkt zum Tanz ein.

»Tut mir leid, sie hat mir schon den ganzen Abend versprochen«, sagte Bryan höflich.

»Nur einen Tanz.«

»Sorry, aber du musst das akzeptieren. Heute bleibt Manou an meiner Seite.«

Dieser wurde ganz warm ums Herz. Er wollte nur mit ihr zusammen sein. Bryan nahm sie kurzerhand mit auf die Tanzfläche und ließ seinen Kumpel stehen.

Es war ein sehr langsamer Tanz. Er nahm sie in den Arm und drückte sie an sich.

»Du bist doch damit einverstanden?«, flüsterte er ihr ins Ohr.

Nur allzu gern bejahte sie diese Frage.

Eine Hand hatte er um ihre Taille gelegt, die andere fast auf Schulterhöhe. Ihren rechten Arm hatte sie unter seinen linken geschoben, drückte damit seinen Rücken gegen sich, und mit ihrer Linken streichelte sie zärtlich seinen Nacken.

Er neigte seinen Kopf zur Seite gegen ihren.

Manou lief es heiß und kalt den Rücken hinunter, und sie schloss die Augen. Sie hatte das Gefühl, als wären sie beide komplett allein auf dieser Welt.

Alles andere hatte seinen Sinn und seinen Bestand verloren. Was zählte, waren nur noch Bryan und sie.

Das neue Lebensgefühl

Die nächsten Nächte suchte Manou wieder ihr Zimmer auf. Sie kuschelte gerne mit Bryan und blieb manchmal lieber zu Hause.

Einen Fernseher gab es, auch einen DVD-Player und Filme, von denen sie nicht mal die Namen kannte. Ihre beiden neuen Freundinnen kamen gern zu Besuch, dann wurde gekocht.

Die beiden staunten oft. Was Manou so alles drauf hatte. Caroline meinte, sie solle doch mal Kochkurse geben. Nein, es war ja nur ein Hobby.

Abends legte sie manchmal einen Film ein, und wenn Bryan dann zu ihr kam, kuschelte sie sich an ihn. Sie fühlte sich nach all ihren Irrfahrten endlich geborgen, hatte den Heimathafen gefunden. Bryan sprach nie mehr über ihre sexuelle Zugehörigkeit, aber in ihrem Hinterkopf hatte sie manchmal Zweifel, ob das wirklich gut ging! So viel Glück konnte sie einfach nicht haben, oder?

Aber sie war dankbar für jede Minute, die sie mit ihm verbringen konnte, auch wenn sie manchmal wirres Zeug träumte.

Dann, eines Abends, war sie beim Fernsehen neben ihm eingeschlafen. Als sie am anderen Morgen erwachte, befand sie sich in Bryans Bett. Wie war sie nur hierhin gekommen? Bis auf ihr Höschen war sie entkleidet. Erschreckt drehte sie sich um. Bryan lag neben ihr und schlief noch. Er sah so ruhig, so friedlich aus.

Als er die die Augen öffnete, sagte er: »Hallo gut geschlafen?«

»Ja, wie bin ich denn hierhin gekommen?«

»Erinnerst du dich nicht mehr?« Er tat erstaunt: »Es war eine tolle Nacht.« Dann fügte er lachend hinzu: »Nein, du warst eingeschlafen, und ich habe dich zu Bett gebracht.«

»Aber ich habe nur noch mein Höschen an.«

»Weißt du, ich bin Mathematiker, ich kann komplizierte Probleme lösen, ohne hinzusehen. Die Entkleidung eines Menschen ist ein banales Problem. Ich hab ich dich entkleidet, ohne hinzusehen. Na ja, vielleicht hab ich doch ein- oder zweimal geschaut.«

Sie tat, als würde sie sich mit ihm prügeln, aber das war nur zum Spaß, um ihn zu berühren, und bald lag sie in seinen Armen. Diese Umarmung löste dasselbe trunkene Gefühl in ihr aus, das sie schon mehrmals in seiner Nähe verspürt hatte. Sie lagen noch eine Zeit lang still nebeneinander, bevor sie aufstanden.

Am Abend kuschelten sie erneut, und Manou wäre am liebsten sofort eingeschlafen, um am anderen Morgen wieder in seinen Armen aufzuwachen. Die Sendung, die im TV lief, war belanglos, und Bryan schaltete den Flimmerkasten aus, nahm sie auf seinen Arm und trug sie in sein Schlafzimmer. Sie hatte sich wieder bis auf ihr Höschen entkleidet, legte sich zu ihm und streichelte ihn. Sie brauchte die Berührung seines Körpers. Er erwiderte ihre Streicheleinheiten und massierte sanft ihre Nippel. Eng umschlungen waren sie eingeschlafen.

Von nun an hatte Manou ihren festen Platz in seinem Bett.

Sie tanzten auch öfter eng umschlungen, und wenn sie es nicht mehr aushielten, gingen sie zu

Bett. Es war Liebe ohne Sex. Eigentlich immer nur eine Vorbereitung. Zum endgültigen Akt kam es nie. Manou hatte versucht, mit ihm eine sexuelle Beziehung aufzubauen, aber er hatte sie abgewiesen. Wenn sie versuchte, seinen Unterleib zu streicheln, nahm er sofort sanft ihre Hand und führte sie höher. Unter der Gürtellinie lief überhaupt nichts, dafür aber umso mehr darüber. Bryan stand weder auf Oral- noch auf Analsex. So blieb die Sexualität in ihrem Leben eine verschlossene Tür ... ohne Schlüssel.

Trotzdem schliefen sie nicht mehr nebeneinander, sondern miteinander. Bryan bevorzugte die kurzen Pyjama-Shorts. Manou hatte sich auch einige zugelegt. Sie stand darauf, seine Haut zu spüren, ihre Brust gegen seine behaarte Brust zu reiben, bis ihre Nippel steinhart wurden. Ihre Beine und ihre Knie berührten seine Oberschenkel. Es war ein berauschendes Gefühl. Sie küsste ihn immer wieder innig. Wenn ihre Zungenspitze seine berührte, bekam sie fast einen Orgasmus. Es lief ihr heiß und kalt den Rücken hinunter, sie bekam Atemnot.

Aber ein Mann will seine Frau besitzen, in sie eindringen.

Manou sprach Bryan darauf an. »Das schon«, sagte er, »aber die Frauen, die ich bis jetzt gekannt habe, standen überhaupt nicht darauf. Bevor es überhaupt dazu kam, führten sie eine ganze Batterie von Argumenten auf, um sich dieser Prozedur zu entziehen. Wenn es dann endlich so weit war, hatte man alle Lust verloren. Dann hätte man es ebenso gut bleiben lassen können. Wenn das der

Preis ist, den ich zahlen muss für alle anderen Vorteile, die unsere Beziehung mir beschert, dann will ich das gerne in Kauf nehmen.«

»Fehlt dir denn nichts in unserer Beziehung?«

»Du bist die normalste und heißeste Frau, die ich je kennengelernt habe, dazu noch bei Weitem die schönste. Ich stehe weder auf Schaufensterpuppen noch auf spirituelle Öko-Tussis noch auf soziale Gemeinschaftsmiezen, die jeder betatschen kann. Das sind nämlich die einzigen Spezies, die es bis jetzt in meinem Bekanntenkreis gab, außer Caroline und Zoe.«

»Ich könnte mich operieren lassen«, sagte Manou.

»Das musst du dir aber gut überlegen. Ich bin eigentlich nicht dafür. Damit sind zu viele Gefahren verbunden. Und du wirst monatelang Schmerzen haben. Wer weiß, ob du dann überhaupt jemals Lust auf Sex haben wirst. Es gibt zu viele Unklarheiten und Unbekannte. Für mich musst du es nicht tun. Ich möchte unsere jetzige Beziehung durch nichts gefährden.«

Danach sprach sie ihn nie mehr darauf an. Aber insgeheim hatte sie ihren Entschluss schon gefasst. Sie würde den richtigen Moment abwarten.

Der Job

Manou hatte sich in ihrem Leben immer ihre Freiheit und Unabhängigkeit bewahrt. Das bedeutete, dass sie ihren Lebensunterhalt selbst bestritt. Sie hatte jetzt einige Zeit auf Kosten von Bryan gelebt, und ein gewisses Unbehagen breitete sich in ihr aus. Nicht weil sie ihm nicht traute. Eher war es die Angewohnheit, nicht tatenlos herumzusitzen, sondern ihr Leben selbst in die Hand zu nehmen.

Ihr Beruf, und darin war sie sehr gut, war Frisörin.

Bryan hatte auch bemerkt, dass etwas nicht stimmte, und so begann sie das Gespräch. »Nicht dass ich mich bei dir langweile, aber ich möchte zu unserem gemeinsamen Leben auch etwas beitragen. Während du arbeitest, möchte ich nicht tatenlos hier herumsitzen.«

Er schaute sie amüsiert an.

»Ich habe Frisörin gelernt und möchte wenigstens einen Halbtagsjob annehmen. So kann ich mir von meinem eigenen Geld etwas leisten und brauche nicht auf deiner Tasche zu liegen. Ich finde es einfach nicht fair, am Ende eines Monats von dir für meine *Dienste* bezahlt zu werden. Ich liebe dich kostenlos«, fügte sie noch lächelnd hinzu.

Er fand die Idee toll. Mit seinem Verdienst könnten sie gut leben, aber Arbeit bedeute auch Freiheit und Unabhängigkeit, und das Kostbarste, was man wohl haben könne, war Freiheit.

Seine Überlegungen erstaunten sie immer wieder. Er konnte wirre Gefühle in einfache Sätze kleiden, so als wäre es das Natürlichste auf der Welt. Sie wusste, im Friseursalon *Intercoiffure Hugo* in der nahegelegenen Stadt, den sie besuchte, konnte der Inhaber gutes Personal gebrauchen. So bewarb sie sich kurzerhand, und bei ihren Zeugnissen stellte man sie auf Probe ein. Sie war gut und kompetent, also stand ihrer kompletten Einstellung nichts mehr im Wege.

Es war ein ganz neues Gefühl. Manou wurde geachtet. Sie bekleidete jetzt eine Stellung in der Gesellschaft. Ihr Arbeitgeber war sehr zufrieden mit ihr. Sie war gewissenhaft, freundlich, hörte den Menschen, die sie frisierte, zu, sprang kurzerhand ein, wenn man sie brauchte und es sich ermöglichen ließ. Auch ihre Kunden waren sehr zufrieden mit ihr, oft fragten sie nach ihr, aber da sie ja manchmal ihre Kolleginnen vertrat, hatte sie keine Neider. Monsieur Hugo passte gut auf seine Mädchen auf und achtete darauf, dass man ihnen den nötigen Respekt entgegenbrachte.

Da es ein Salon für Damen und Herren war, zählte der Salon auch eine Anzahl männlicher Kunden. Einer von ihnen sagte, nachdem man ihn gefragt hatte, von wem er bedient werden wollte: »O ja, die da hinten mit den Glutaugen und den dicken Titten.«

Herr Hugo hatte es mitbekommen, war aber noch im Gespräch mit einer anderen Kundin und konnte nicht sofort reagieren. Manou war schon bei dem Mann, als ihr Chef diesen kurzerhand hinauswerfen wollte. Sichtlich verlegen, der Kunde hatte seine Äußerung spaßig gemeint, war er über die Reaktion von Herrn Hugo erschrocken.

Manou legte ihre Hand auf den Unterarm ihres Chefs. Sie kannte die Wirkung dieser Geste. Männer beruhigten sich dann sofort. »Der Herr hat sich falsch ausgedrückt und wollte mir bestimmt nur ein Kompliment machen!« Sie zwinkerte ihrem Chef zu. Dieser hatte sofort verstanden und der Kunde auch.

»Ich möchte mich für meine holperige Art entschuldigen, aber es war wirklich als Kompliment gedacht! Wie war noch ihr Name? Ah, Miss Manou, es tut mir leid!«

»Wie möchten Sie ihre Haare geschnitten haben?«, fragte sie freundlich und wies ihm einen Stuhl zu.

Der Chef drückte noch ein Auge zu, aber er konnte es sich nicht verkneifen zu bemerken: »Bitte sagen Sie nächstes Mal einfach, wen und was sie möchten, dann riskieren Sie auch nicht, falsch verstanden zu werden, und seien Sie möglichst sparsam mit Ihren Komplimenten.«

Der Kunde war überaus erfreut, dass Manou die peinliche Situation gerettet hatte, und verhielt sich sehr höflich. Das Trinkgeld, das er in das Sparschwein mit ihrem Namen steckte, war ansehnlich.

Herr Hugo gab ihr diskret zu verstehen: »Fräulein Manou, ich möchte, dass man meinen Mädchen den nötigen Respekt erweist, aber danke, dass Sie die Situation gerettet haben!«

Wenn er wüsste, was ich schon alles über mich ergehen lassen musste, dachte Manou.

Eine Stammkundin, Frau Grünspan, hatte sich etwas verspätet. Sie war eine nette alte Dame, und Manou war definitiv ihre Lieblingsfrisörin. Sie entschuldigte sich, ein kleines Missgeschick. Ihre Betreuung würde über Manous normale Arbeitszeit hinausgehen. Diese schaute zu Herrn Hugo, der nickte nur.

»Wenn Sie gehen müssen, dann kann ich mich auch um Frau Grünspan kümmern.«

»Nein«, antwortet Manou, »für sie nehme ich mir immer Zeit.«

Die Frau war eine wirklich gute Kundin. Frau Grünspan wollte sich die Haare färben lassen.

»Aber Sie waren gestern schon da.«

»Ja, aber die Farbe gefällt mir nicht mehr, und es ist mir eine Freude, mich mit Ihnen zu unterhalten. Sie sind so freundlich und so gebildet.«

Manou nahm sich Zeit, setzte sich neben die Kundin, schlug ihre Beine übereinander und beriet sie: »Zu oft färben bedeutet großen Stress für die Haare. Und Sie haben ja noch so schöne Haare.« Sie riet sie zu einer Kurpackung mit Kopfmassage. »Die ist schonender für die Haare und verleiht ihnen einen mattschimmernden Seidenglanz.«

Frau Grünspan war begeistert. »Ihnen vertraue ich meine Haare gerne an, dann sind sie in guten Händen.«

Es dauerte etwas länger, aber Herr Hugo hatte volles Verständnis dafür.

Manou würde den nächsten Bus nehmen müssen. Das machte nichts, Herr Hugo hatte Bryan schon angerufen. Der ließ Frau Grünspan schöne Grüße ausrichten.

»Ah, der Herr Professor, so ein gebildeter und freundlicher Mann. Und Sie passen ja so gut zueinander.«

Neue Freiheiten

Das Dorfleben unterschied sich sehr vom Stadtleben, das Manou bisher geführt hatte. Viel langsamer, aber umso intensiver und nicht so anonym und oberflächlich. Ablenkung gab es wenig, und jeder hatte ausreichend Zeit, sich um sich selbst und sein direktes Umfeld zu kümmern. In der Stadt konnte man sich hinter einer gewissen Anonymität verstecken, aber hier kannte jeder jeden.

Durch ihren Job war Manou jetzt regelmäßig außer Haus. Sie musste manchmal etwas länger auf den Bus warten, dabei war ihr Dorf nur sechs Kilometer von ihrem Arbeitsplatz entfernt. Manchmal nahm sie auch den Jeep, aber der war ihr zu groß und zu klobig, auch als Cabriolet wollte sie ihn nicht zu lange unbeaufsichtigt lassen.

Die Busverbindungen waren zwar ausgezeichnet, aber ein Auto bedeutete mehr Freiheit, mehr Mobilität.

Bryan sagte: »Wir müssen etwas gegen deine eingeschränkte Mobilität unternehmen. Wie wäre es, wenn du dir einen Kleinwagen zulegen würdest?«

»Ja, aber etwas Billiges, ein kleiner Gebrauchtwagen.«

Bryan hatte schon Prospekte mitgebracht.

»Das sind aber alles Neuwagen!«

»Es ist doch nur, um sich eine Übersicht über die Modelle zu verschaffen.«

Manou traute ihm nicht, er hatte sie schon mal reingelegt, diesmal müsste er sich klüger anstellen. Aber sie wusste, er war klug.

Am Abend waren, wie so oft, Caroline und Zoe zu Besuch. Bryan schnitt das Thema an. Caroline war natürlich hellauf begeistert. Wenn Manou mobil war, konnten sie gemeinsam was unternehmen wie shoppen gehen und in der Konditorei bei Namürs oder im Schokoladehaus ein Tässchen Kaffee trinken und, und, und. Der Fantasie waren ja bekanntlich keine Grenzen gesetzt.

Der Wagen musste also wenigsten vier Sitzplätze aufweisen. Alle Zweisitzer wurden deshalb eliminiert. Vier Türen wären auch nicht schlecht. Aber nicht unbedingt nötig. Vielleicht ein kleiner Twingo oder Jazz. Aber die waren als Gebrauchtwagen fast so teuer wie ein Neuwagen.

Caroline schwärmte für den Mini. Definitiv ein Mini, und wenn sie zu entscheiden hätte, dann wäre es ein Schwarzer mit knallroten Sitzen.

Manou war nicht ihrer Meinung. Ein Mini müsse knallrot sein mit schwarzen Sitzen. Die Farbpalette war im Prospekt. Ja, diese Farbe außen und diese Farbe als Sitzbezug.

Bryan hatte anscheinend nichts mitbekommen, man unterhielt sich noch und redete belangloses Zeug.

»Habt ihr was gefunden?«, fragte er irgendwann.

Manou war erfreut, er hatte wirklich nichts mitbekommen.

»Einer mit vier Plätzen müsste es schon seins, aber möglichst billig, und ein Kleinwagen passt ja noch in die Garage.«

»Ich werde mich mal umsehen und mich schlaumachen, was auf dem Gebrauchtwagenmarkt zu finden ist.«

Manou fuhr weiterhin schön brav mit dem Bus. Das Thema schien in Vergessenheit geraten zu sein. Bryan hatte auch viel zu tun. Das Thema Auto hatten sie nicht mehr angerührt. Es würde noch etwas dauern, dachte Manou.

In der nächsten Woche musste Bryan den Jeep zur Inspektion bringen. Für ein paar Tage müsste er den Opel Omega nehmen.

Er küsste sie: »Du weißt, ich muss heute noch zur Werkstatt. Ich nehme dann den Bus. Es wird später werden. Wieso bittest du nicht Caroline und Zoe her, ihr könnt euch dann einen gemütlichen Abend machen.«

»Gute Idee.«

Gewöhnlich, wenn Bryan einen solchen Vorschlag machte, führte er was im Schilde, aber wieso nicht, dachte Manou, es wäre eine Gelegenheit ihren Freundinnen mitzuteilen, dass das mit dem Wagen noch etwas warten musste.

Sie standen schon relativ früh vor der Tür. Manou wusste, dass Caroline und Zoe enttäuscht sein würden. Sie hatten sich schon lebhaft ausgemalt, was sie zusammen unternehmen könnten. Kaum hatte sie das Gespräch eröffnet und die enttäuschten Blicke gesehen, war Bryan schon wieder da – so schnell. Er musste sofort einen Bus erwischt haben. Er begrüßte seine Manou herzlich. Caroline erhob sich. »Wir wollen euch dann mal nicht stören.«

»Das ist schade, ich dachte nämlich, ihr wolltet mit Manou eine Spritztour in ihrem neuen Wagen machen. Hat sie euch denn nichts gesagt?«

Caroline war außer sich: »Sie hat gesagt, dass wir uns ein bisschen gedulden müssten.«

»Ja, wir sollten ihn ja auch erst Donnerstag bekommen, aber er war heute schon da, deshalb bin ich mit ihm zurückgekommen.«

Du falscher Fuffziger!, dachte Manou amüsiert. »Welche Marke?«

»Den, den du dir gewünscht hast!«

Was hatte sie sich denn eigentlich gewünscht? Sie dachte angestrengt nach. Für welchen Wagen hatte sie sich noch gleich entschieden?

Sie gingen raus bis vor die Scheune, und Bryan händigte ihr die Schlüssel aus. Da stand er, der feuerrote Mini, genau die Farbe, die sie ausgewählt hatte.

Manou schaute Bryan an. Er hatte wieder dieses verschmitzte Lächeln, das bedeutete: *Ich habe doch alles mitgekriegt.* Er hatte sie wieder ausgetrickst. Aber das verzieh sie ihm gerne.

Caroline inspizierte sofort dieses Prachtstück. »Der hat ja Doppelauspuff, das ist ein Cooper! Der ist auch noch schnell.«

Manou war jetzt überzeugt: Bryan konnte Gedanken lesen oder er hatte sie womöglich hypnotisiert.

»Na dann mal los. Ich warte inzwischen auf eure Männer«, sagte er.

Zoe hatte sich schon auf den Rücksitz verfrachtet. Caroline musste natürlich vorne sitzen. Bryan rief ihnen noch zu: »Passt auf, er ist nervös«, da waren sie auch schon weg. Nach einer halben Stunde kamen sie wieder angebrettert.

Manou hatte endlich einen fahrbaren Untersatz. »Wie kann ich dir das danken?«, sagte sie verlegen.

»Indem du mich zur Weihnachtsfeier in unserem Gymnasium begleitest. Der Direktor hat darauf bestanden. Wahrscheinlich eher seine Frau, die einen Narren an dir gefressen zu haben scheint.«

Das Leben mit Bryan war herrlich. Die Zeit verging im Flug, und Manou zog alle Register ihrer Verführungskünste, um ihm zu gefallen. Sie änderte ihre Frisur regelmäßig. Mal mädchenhaft mit roten Schleifen, hochgesteckt, dann wieder lang seitlich. Ein Zopf, zwei Zöpfe. Sie änderte auch ihren Kleidungsstil, und Bryan fragte sich manchmal, womit sie ihn als Nächstes wieder überraschte.

Die Weihnachtsfeier

Das Jahr neigte sich langsam seinem Ende zu. Es wurde kälter. Der Winter stellte sich ein. Manou und Bryan hatten beide ihre Sommergarderobe gegen wärmere Kleidung ausgetauscht. Sie hatten beide ihre Wintergarderobe aufgemotzt, und mit Manous Hilfe war Bryans Aussehen merklich aufgewertet worden. Als Akademiker gab er nicht so viel auf das äußerliche Erscheinungsbild, dafür Manou umso mehr. Nach dem Motto: *Kleider machen Leute*, wusste sie, dass der erste Eindruck, den man von einem Menschen hatte, vieles beeinflusste. Das Aussehen war das Spiegelbild des Inneren. Ein gepflegtes Aussehen ließ auf einen ordentlichen Menschen und ein gepflegtes Inneres erahnen.

Jeder Tag brachte neue Überraschungen, und Bryan ließ Manou mehr und mehr spüren, dass er sie als Frau anerkannte. Manchmal vergaß sie schon selbst, dass sie XY war. Sie war seine Partnerin. Ihre sexuelle Angehörigkeit war ihr wohlbehütetes Geheimnis. Trotzdem plagten Manou die Zweifel. Konnte das wirklich gut gehen? Was geschah, wenn er einer echten Frau begegnete, die ihm dasselbe bieten könnte? Würde er sie einfach fallen lassen, nach allem, was sie zusammen erlebt hatten? Er konnte ja nur dabei gewinnen. Sie hatte ihn darauf angesprochen. Er hatte nur gelächelt und gesagt: »Das ist völlig ausgeschlossen. Eine Frau wie dich gibt es nur einmal auf der Welt.«

Davon war sie nicht überzeugt. So außergewöhnlich fand sie sich nicht. Sie betrachtete ihr

Verhalten als normal. Und von normalen Frauen musste es doch einige geben.

Manchmal verfiel sie in Melancholie, wenn sie an früher dachte. Sie hatte hart kämpfen müssen, um zu überleben. Mit Bryan ging alles viel zu einfach. Er war liebevoll, verständnisvoll, aber sexuell passierte nichts. Sie schwor sich, sie würde alles daransetzten, um das auch noch zu ändern. Sie hatten beide ein Recht auf ein sexuelles Leben. Er hatte ihr so viel geschenkt, ihr so vieles ermöglicht. Das würde ihr Geschenk an ihn werden.

Mireille Tom, die mit ihrer Clique im Gymnasium das große Wort führte und an allem etwas auszusetzen hatte, sparte nicht mit abwertenden Bemerkungen. Bryan sähe ja so was von glücklich aus, dass einem übel werden würde, und wie er sich jetzt kleidete, igitt ... aber das dicke Ende würde schon noch kommen. Sie hatte ihn sowieso in die Kategorie *Muskelprotz mit wenig Hirn* eingeordnet. Eigentlich hatte Mireille Tom ein Auge auf Bryan geworfen. Sie war ja eine Englischprofessorin von Format, gebildet, sensibel, spirituell, kultiviert – ein Vorzeigemodell der weiblichen Spezies. Sie hatte ihm die Gunst beschert, ihn zu beachten und ihr Augenmerk und ihre Sympathie auf seine unbedeutende Person zu werfen. Was für eine Ehre! Er müsste sich glücklich schätzen, dass sie ihn überhaupt registrierte.

Bryan sah das allerdings anders. Was dachte sich diese englische Bulldogge überhaupt? Sie hatte überhaupt keinen Charme, war hochnäsig und so was von bescheuert ... Selbst, wenn sie die letzte Frau auf Erden gewesen wäre, wäre er lieber zu den Antipoden ausgewandert. Im Allgemeinen waren ihm schon das Standesdünkel und die übertriebene hypertrophierte Eigenbewertung mancher Sprachgenies zuwider. Für ihn war die Welt schwarz-weiß. Für diese Philologen war die Welt mausgrau und alle Denkansätze waren möglich, aber dabei blieb es eigentlich immer, beim *möglich*.

Was wäre, wenn ...

Das größte Highlight in Toms Leben war es, mit ihren Schickeriafreunden in einem Nobelrestaurant zu speisen und dabei hochtrabende Gespräche zu führen. Bryan hätte lieber eine Dönerbude aufgesucht. In diese Welt passte er überhaupt nicht. In ihrem hochtrabenden Stil, mit englischen Fremdwörtern ausgeschmückt, hatte sie sich beschwert, dass in einem Nobelrestaurant der Oberklasse, das Essen viel zu teuer gewesen war im Vergleich zur Qualität der Zubereitung, die auf ihrem Teller gelegen hatte.

Bryan war schnell fertig: »Es ist doch allgemein bekannt, dass die Portionen in diesem Restaurant zu eng bemessen sind für die Preise. Wieso gehst du denn dahin?«

»Ach, weißt du, ein Restaurant ist nicht nur das Essen, es ist auch die Atmosphäre, das Ambiente, die Bedienung, die Freunde, die Reputation und ...«

Bryan hatte sie in ihren Ausführungen unterbrochen. »Dann hast du ja bekommen, wofür du bezahlt hast, wieso beklagst du dich also?« Er hatte gelacht: »Schade, dass man das Ambiente, die Bedienung und die Freunde nicht mitessen kann.«

Sie hatte ihn wütend stehen gelassen. Diesem dämlichen Mathematiker war nicht beizukommen. Der hatte ja überhaupt keine Kultur. Er verstand nicht, worum es im Leben ging. So ein Primitivling! Aber sie würde ihn schon noch erziehen!

Das war, bevor diese unkultivierte Person von Manou auftauchte. War Bryan jetzt komplett unter die Fuchtel dieses Weibs gefallen und hatte den Verstand verloren? Er brachte doch diese vulgäre Person hoffentlich nicht mit zur Weihnachtsfeier!

Aber weit gefehlt. Die Clique um die Tom war außer sich, und die Direktion, die ja schon chronisch unter Fantasielosigkeit litt, hatte natürlich keine Meinung dazu. Die Gerüchteküche kochte fast über, aber jeder war gespannt darauf, wie das Duo Manou-Bryan sich präsentieren würde. Die Tom wurde nicht müde zu lästern, und haufenweise Vorschuss-Lorbeeren begleiteten ihre Ausführungen. Diese primitive Person Manou würde schamlos alles zur Schau stellen, was sie zu bieten hatte. Ihr Freundeskreis nickte bejahend, aber insgeheim waren sie gespannt auf diese mysteriöse Frau. Sie war jedenfalls Thema Nummer Eins, und der gute Bryan bekam von alledem überhaupt nichts mit. Wenn er irgendwo auftauchte, wechselten sie sofort das Thema. Man war auch gespannt auf das Verhalten von Mireille Tom, die manchmal komplett ihre Fassung verlor und dann grob, gemein und äußerst vulgär werden konnte. Bryans Art zu reagieren kannte man ebenfalls: ruhig, sachlich und präzise, man könnte sagen: wissenschaftlich. Aber auf die Reaktionen von Manou war man sehr neugierig.

Zu dieser speziellen Feier hatte Manou Bryan eine schicke Garnitur herausgelegt. Sie selbst trug einen dunkelroten Zweiteiler mit etwas engerem

Oberteil, das die Rundungen ihres Busens erahnen ließ. Der Rock reichte knapp bis übers Knie, sodass er einen Blick auf ihre langen Unterschenkel freigab.

Bryan schüttelte den Kopf: »Das sieht wie eine Kriegserklärung aus.«

»Soll ich was anderes anziehen?«

»Um Himmels willen, nein! Ich möchte nur zu gerne ihre Gesichter sehen.«

Zur Raumaufteilung des Speisesaals hatte die Gymnasialverwaltung runde Tische verwendet. Auf eine Tischordnung war verzichtet worden. Am Tisch des Direktors hatten sich die üblichen Verdächtigen eingefunden.

Die Tom schwang hier das große Wort. Das hieß, nach zehn Minuten hatte sie sich mit Frau Welter in der Wolle. Sie wollte ja partout die erste Geige spielen, was der Frau des Direktors nicht gefiel.

Bryan hatte sich mit seiner Manou an den Außenbereich gesetzt. Er wollte den Abend mit ihr genießen und kein ödes Streitgespräch über, Pädagogik, Didaktik, Syntax, Semantik oder Pragmatik beginnen. Sie waren ja zum Feiern gekommen.

Bryan mochte die Clique um Mireille Tom nicht, diese Emporkömmlinge, die sich selbst auf die Schulter klopften, um zu zeigen, was sie doch für tolle Kerle waren.

Manou hatte sich die Gesellschaft kurz angesehen und freundlich genickt. Sie war etwas blass um die Nase.

Bryan raunte ihr zu: »Wenn du erbrechen willst, dann sag es mir. Ich geselle mich dann gleich dazu.«

Nach weiteren fünf Minuten stand die Frau des Direktors auf und kam an ihren Tisch: »Bryan, der Direktor verlangt nach Ihrer Person. Ich leiste solange Manou Gesellschaft. Das ist viel angenehmer.«

Bryan grüßte die Tischgesellschaft um den Direktor freundlich. Außer diesem schien ihn keiner hier zu mögen.

Der begann sofort das Gespräch: »Herr Professor, ich wollte Ihre Meinung hören bezüglich einer Forderung, die man mir eben unterbreitet hat.«

Nach einigen Erklärungen meinte Bryan. »Herr Direktor, ich sehe das nicht so«, sagte er und begann logisch zu argumentieren.

»Bryan, haben Sie komplett den Verstand verloren? Sie fallen uns in den Rücken!«

Die Tom schwang das große Wort.

»Aber logisch betrachtet haben Ihre Argumente keinen Bestand, und viele Kollegen würden dadurch benachteiligt werden.«

Die Tom verlor die Fassung.

Das Auftauchen von Manou und die bewundernden Blicke, die man ihr zuwarf, hatten ihre Stimmung schon auf den Nullpunkt sinken lassen. Jetzt fiel dieser Möchtegern-Rübezahl-Mathematiker ihr auch noch in den Rücken. Das war weit mehr, als sie ertragen konnte.

Sie geiferte los: »Die Kollegen, das ist mir so was von egal, und was Ihre Logik angeht, die ist wohl zwischen Ihre Beine gerutscht!«

»Meinen Beinen geht es ausgezeichnet. Danke der Nachfrage.«

»Sie werden schon noch sehen, was Sie von Ihrem Flittchen haben.«

»Vielen Dank, das weiß ich jetzt schon.«

Die Tom war an Vulgarität manchmal nicht zu übertreffen.

»Bitte, Fräulein Tom, zügeln Sie Ihren Übermut!« Der Direktor versuchte, ruhig zu schlichten.

Jetzt geiferte sie nur noch drauf los und ließ all ihre angestaute Wut heraus. Sie schnauzte den Direktor an: »Sie sind dieser Tussi doch auch auf dem Leim gegangen.«

»Fräulein Mireille, werden Sie jetzt nicht unverschämt!«

»Man sieht ja das Flittchen neben Ihrer Frau sitzen und sich angeregt mit ihr unterhalten.«

»Frau Tom«, der Direktor war aufgestanden, »verlassen Sie sofort meinen Tisch!«

»Ihren Tisch, pah, Sie sind die längste Zeit Direktor gewesen!«

Es war allen Anwesenden peinlich, und sie standen nacheinander auf und gingen.

Mireille Tom war die Letzte, die aufstand und ging, mit einem verächtlichen Ausdruck in den Augen. Sie lief zum Tisch von Manou und Frau Welter und geiferte dort noch herum, bis sie schlussendlich den Saal verließ.

»Herr Direktor, es tut mir leid.« Bryan entschuldigte sich.

»Aber bitte, Bryan, wieso glauben Sie, habe ich Sie um Ihre Meinung gefragt? Schon allein dieser Umstand hat die Tom auf die Palme gebracht. Haben Sie die anderen gesehen, wie sie nacheinander umgekippt sind? Nein, wir belassen alles beim Alten. Die sind wir los! Gehen wir zu unseren Frauen.«

Manou fragte Bryan: »Was hab ich der nur getan?«

»Ach Kindchen«, sagte die Frau des Direktors, »du hast dir Bryan geschnappt und ihn zum glücklichen Mann gemacht. Das verkraften so manche Neider nicht. Übrigens unterrichtet die Tom bloß Englisch, ein Hilfsfach, das dazu dient, um die anderen Fächer wie Biologie, Mathematik und Physik zu verstehen.«

Der Direktor schüttelte den Kopf. Er war nicht immer mit den Ausführungen seiner Frau einverstanden.

Sie lachte, während sie weitersprach: »Wenn sie jetzt Chemikerin wäre, würde ich mir Gedanken machen, mit all den Giften, die sie da mischen könnte, aber bei Englisch ... Nein, das ist nicht der Rede wert. Tja, der Bryan ist ein begehrter Junggeselle in gesicherter Position. Dabei sieht er noch fabelhaft aus. Das bringt eine Menge Neider, und, zugegeben, gegen dich sieht die Konkurrenz fahl aus.«

»Ich fürchte«, antwortete Manou, »der Bryan hat mich geschnappt.«

»Das musst du uns bei Gelegenheit mal genauer erzählen.«

Trotz des chaotischen Beginns wurde es doch noch ein angenehmer Abend. Zu Hause sagte Bryan zu Manou: »Pass auf die Tom auf, die heckt was aus.«

Wenn er wüsste! Die macht mir keine Angst. Ich bin schon mit ganz anderen Problemen fertig geworden, dachte Manou.

Die Clique, Bryans Probleme

Manous Arbeitstag fing heute etwas chaotisch an. Sie fand fast keinen Parkplatz für ihren Mini. Kurzerhand rief sie Herrn Hugo an und teilte ihm mit: »Entschuldigung, ich werde mich etwas verspäten, ein Missgeschick.«

Herr Hugo war immer verständnisvoll. Manou sah ja auch nie auf die Uhr, wenn eine Kundin oder ein Kunde etwas verspätet kamen.

Als sie eintraf, war der Salon in heller Aufruhr. Fräulein Tom, die Englisch-Professorin, hatte für 11 Uhr einen Termin anberaumt. Herr Hugo mochte sie nicht und hätte sie kurzerhand an die Luft befördert. Aber sie kannte so viele Berufskollegen, und man musste mit solchen Personen vorsichtig sein. Wie es um ihren Ruf stand, war Manou seit der Weihnachtsfeier bekannt. Bryan hatte sie abblitzen lassen, und sie hatte sich noch eine scharfe Kritik vom Direktor eingefangen.

Die Mädchen im Friseursalon waren terrorisiert. Die Tom nahm sich jedes Mal eine andere vor und machte sie systematisch fertig, nichts war ihr gut genug, an allem hatte sie was auszusetzen. Obschon sich die Mädchen die größte Mühe gaben, entsprach das Resultat nie ihren Erwartungen, und sie zahlte auch nur für etwas Ordentliches, nicht für die Katastrophe, die Hugos Frisörinnen angerichtet hatten.

Manou hatte sich den Zeitraum gegen 11 Uhr freigehalten. Die Tom hatte es wahrscheinlich auf sie abgesehen. Sie hatte Herrn Hugo davon in Kenntnis gesetzt, und von solchen Terrordrohnen hatte sie schon einige erlebt.

»Mädchen, ich möchte nicht deine Kündigung heute Abend auf dem Tisch haben. Das ist diese Scheckschraube nicht wert. Dann sag ich den Termin ab.«

»Aber Herr Hugo, um nichts in der Welt würde ich dieses Schauspiel verpassen wollen.« Manou hatte schon so manchen Kunden beruhigt, aber diese Frau war der Super-GAU.

Um 11 Uhr, keine Tom in Sicht. Die ganze Belegschaft atmete auf, und da Manou eben kurz frei war, hatte Herr Hugo sie ins Lager geschickt. Als sie gegen halb 12 wieder zurückkam, glich der Salon einem Hinrichtungsplatz, in der Mitte der Folterknecht. Frau Tom hatte sich Stephanie ausgesucht, ein liebes, etwas schüchternes Mädchen, und war im Begriff, sie nach allen Regeln der Kunst fertigzumachen.

»Ich hatte gesagt, braun!«, schrie sie das Mädchen an.

»Aber Madame, das ist braun.«

»Nein, das ist rostrot!«

»Aber auf dem Fläschchen steht braun.«

»Und wenn ich dir sage, dass es rostrot ist, dann ist es rostrot!«

Stephanie wollte schon wegrennen, aber Manou stand auf einmal neben ihr. Mit einem entwaffnenden Lächeln fragte sie: »Gibt es ein Problem, Fräulein Mireille?«

»Ah, Bryans Tusse. Für Sie noch immer Frau Tom.«

Manou antwortete nicht und lächelte weiter. Solche Leute manövrierten sich meist selbst aus.

Sie taxierte Manou von oben herab: »Ich hätte von Ihnen doch etwas mehr *class*, mehr *distinguishment*, mehr *nobility* erwartet.«

»Und ich von Ihnen mehr Intelligenz.«

»Sie sind nur eine billige Frisöse.« Der Ton verschärfte sich.

»Und Sie eine arrogante Terrordrohne.«

»Sie haben kein Diplom, keine Studien.«

»Und Sie keine Manieren!«

»Da, wo ich herkomme, hätte man Leute wie Sie zum Dorf hinausgejagt.«

»Und Menschen Ihresgleichen bei uns geteert und gefedert.«

Die Tom schaute spöttisch auf Manous lange Beine. »Ich habe nichts gegen Ihre Beine, aber Stelzen gehören nun mal unter einen Tisch.«

Aha, dachte Manou, *meine Beine haben es ihr angetan*. Prompt antwortete sie: »Ich habe auch nichts gegen Ihr Gesicht, aber ein Asch gehört in eine Hose.«

Mireille Tom riss sich den Umhang vom Leib und verließ den Salon mit den Worten: »Das wird noch ein Nachspiel haben.«

»Stets zu Ihren Diensten, Fräulein Mireille.« Manou lächelte noch immer. Die Schnepfe hätte am liebsten ihre Handtasche nach ihr geworfen.

Alle hatten wie versteinert herumgestanden. Dieses Gefecht hatte nur Zuschauer, niemand hatte eingegriffen, alles war viel zu schnell gekommen.

Die anderen Kunden begannen laut zu lachen. Stephanie hielt noch das halb volle Fläschchen in der Hand. »Ich habe sie nur halb eingefärbt!«

»Das hat sie nicht mal bezahlt. Dann schwirrt sie jetzt als halb-rostrote Terrordrohne durch unsere Stadt.« Manou strich Stephanie kurz durch die Haare. Diese hatte noch Tränen in den Augen.

Eine ältere Kundin hielt nicht mit ihrer Meinung hinter dem Berg zurück: »Bravo, der haben Sie es mal richtig gezeigt. Es wurde aber auch Zeit. Herr Hugo, das wird für Fräulein Manou doch kein Nachspiel haben?«

Herr Hugo räusperte sich: »Ich fürchte doch, ich werde nämlich meine ganze Belegschaft nach der Arbeit auf ein Glas einladen. Was für ein Gefecht. Das muss gefeiert werden.«

Als die Kundin ging, sah Manou, wie sie Herrn Hugo einen Geldschein zusteckte. Er wollte nicht annehmen, aber sie war kategorisch: »Das war mir das Schauspiel wert.« Sie zwinkerte noch einmal Manou zu, bevor sie den Salon verließ.

Es verbreitete sich wie ein Lauffeuer in der Stadt. Die Tom hatte sich mit Davids Freundin angelegt und eine gehörige Abfuhr kassiert. In deren Clique sah man das aber nicht so. Manou, diese vulgäre Person, hatte eine ihrer eminentesten Kolleginnen beleidigt. Was die sich wohl dabei dachte, diese billige Frisöse. Da musste was geschehen. In ihrer hohen sozialen Position konnten sie doch einen gewissen Respekt zu erwarten. Was hatte dieser Mathematiker sich bloß dabei gedacht, als er sie auf die Weihnachtsfeier mitbrachte? Solche Personen hatten definitiv nichts in ihrem Kreis verloren.

Sie sprachen bei der Direktion vor und forderten eine energische Stellungnahme seitens des Direktors. Der kannte diese Schlappschwänze zur

Genüge. Sie forderten, und die Direktion hatte gefälligst ihre Forderungen auszuführen. Großkotzig starten, gegen die Wand rennen, und er konnte dann die Scherben aufräumen. Aber er war diesmal ihrer Meinung, er musste was unternehmen.

Zwischendurch hatte Bryan auch mitbekommen, was passiert war, und als er an Mireille Tom vorbeiging, verhielt er sich nach dem Motto: Grüße auch deine Feinde, dann zeigst du ihnen, dass du wenigstens Manieren hast.

Angewidert drehte sie sich um. Ah, da war der Direktor. Jetzt konnten die anderen Zeuge von Bryans Abfuhr werden. Er hatte sich ja nie in ihre Clique integriert.

Siegessicher stellte sie sich neben den Direktor.

Dieser begann das Gespräch: »Herr David, ich muss unbedingt mit Ihnen reden!«

Bryan dachte: *Wenn die jetzt irgendeine Bemerkung über Manou machen, dann werde ich explodieren, das hat überhaupt nichts mit dem Gymnasium zu tun.*

Der Direktor fuhr fort: »Bezüglich der Fakten, die mir zugetragen worden sind, von der Alterkation an diesem Vormittag zwischen Frau Tom und Frau Foster ...«

Bryans Miene verfinsterte sich.

»... bin ich mit den Kollegen hier einer Meinung, dass ich gezwungenermaßen etwas unternehmen muss.«

Es war still geworden. Jeder schaute auf Bryan. Er war ein ruhiger Typ, aber wenn die mal explodierten ... Bryan holte schon tief Luft.

Der Direktor reichte ihm seine Hand: »Grüßen Sie Fräulein Foster herzlich von mir und beglückwünschen sie sie.« Dann wandte er sich an die Tom: »So jetzt habe ich was unternommen. Und *Sie* passen nächstes Mal auf, mit wem sie sich anlegen. Übrigens«, wandte er sich wieder an Bryan, »ich bestehe darauf, dass Fräulein Foster zur Schlussfeier auch kommt. Sie ist herzlich eingeladen.«

Die Beliebtheit der Direktion war mit einem Male um etliche Quoten gestiegen. Hatten sie das jetzt richtig mitbekommen? Das war eine Stellungnahme, die sie am allerwenigsten erwartet hatten. Die ganze Clique stand wie versteinert da.

Der Erste, der sich wieder fing, war Bryan: »Danke, Herr Direktor. Ich richte es aus.«

»Gern geschehen, Herr Professor.« Er zwinkerte Bryan zu und war schon verschwunden.

Nach seinen Kursen ging Bryan noch bei Intercoiffure Hugo vorbei.

Manou küsste ihn zur Begrüßung: »Es wird heute etwas später werden.«

»Ich weiß, und ich soll dir vom Direktor Grüße bestellen und Glückwünsche, und zur Schlussfeier bist du auch schon eingeladen.« Er erzählte, was sich zugetragen hatte.

Herr Hugo fand das Verhalten des Direktors doch sehr korrekt.

Manou hatte Zeit zum Sparen gehabt, und da ihr Gehalt gut war, sie fast kein Geld benötigte und sparsam war, wies ihr Konto nach einiger Zeit einen ansehnlichen Betrag auf.

Ihr Traum, zu einer echten Frau zu werden, war in greifbare Nähe gerückt. Diesen letzten Schritt hatte sie immer vor sich hergeschoben, weil ihr das nötige Geld dazu gefehlt hatte. Ihre Freunde hatten nie Verständnis für ihr Problem aufbringen können und hatten sie nur ausgenommen wie eine Weihnachtsgans. So sehr sie auch versuchte zu sparen, immer war etwas dazwischengekommen.

Leider waren solche OPs in Europa mit Risiken verbunden und wurden nur mit einem Haufen psychologischem Schnickschnack angeboten. Sie hatte sich schon seit Jahren entschieden und brauchte nicht noch überredet zu werden, schon gar nicht wollte sie es sich ausreden lassen. Sie war sich ihrer Entscheidung absolut sicher.

Zudem wollte sie so wenig wie möglich Aufsehen erregen und Bryan nicht damit implementieren. Es war ja schließlich ihre Angelegenheit und nicht die eines ganzen Haufens Psychologen. Sowieso traute sie denen sehr wenig. Das Dorf war klein, und eine winzige Indiskretion hätte den Effekt des Stocherns in einem Wespennest verursacht. Diese Operationen waren aber gang und gäbe auf dem asiatischen und südamerikanischen Kontinent mit Brasilien und Thailand an der Spitze. Thailand war das Eldorado der Transsexuellen, der Lady Boys, der Katoy, wie man die Transsexuellen dort nannte. Einige große Kliniken in

Pattaya, Phuket und Bangkok genossen einen ausgezeichneten Ruf und boten hohe Standards bei der Geschlechtsumwandlung an.

Ihre Wahl fiel auf das Yanhee-Klinikum in Bangkok. Sie wollte sich endlich ihren sehnlichsten Wunsch erfüllen und eine echte Frau werden. Sie malte sich schon aus, wie Bryan sich darüber freuen würde. Auf die Dauer konnten sie ihre Sexualität nicht so weiterleben. Sie wollte mehr – Bryan bestimmt auch. Sie mochte seine stille Art und kuschelte ungemein gern mit ihm, aber es war eben nur kuscheln.

Aber eine Beziehung ohne Sex – ein schier undenkbarer Zustand. Sex war zwar nicht das wichtigste in einer Beziehung, das hatte Bryan ihr schon klargemacht, aber Manou war der Überzeugung, dass diese Komponente doch ungemein wichtig war. Und wenn sie sich etwas in den Kopf gesetzt hatte ...

Sie informierte sich ausführlich: Der operative Eingriff dauerte zwischen drei und acht Stunden, danach eine Reha mit psychologischem Beistand noch zwei Wochen. Was waren schon läppische zwei Wochen im Vergleich zu einem ganzen Leben? Danach würde sie noch etwa sechs Monate Schmerzen haben, aber das war es ihr wert.

Heimlich nahm sie Kontakt zum Klinikum auf. Mit ihren Interneterfahrungen war es nicht allzu schwer. Da sie lange genug im Voraus buchte, konnte sie ihren Termin selbst bestimmen. Sie brauchte auch nicht lange zum Überlegen. Die meisten Fortbildungskurse für ihren Beruf waren im März, April und Mai. Dann konnte sie es so einrichten, dass sie zwei bis drei Wochen wegfuhr. Sie konnte Bryan ja regelmäßig anrufen.

Das Leben nach dem Eingriff würde fantastisch werden. Sie musste aber aufpassen, denn sie schwebte schon fast in einer anderen Welt vor lauter Vorfreude. Sie hatte sich von ihrer Bank einen Barscheck über 10.000 Dollar ausstellen lassen. Damit war der größte Kostenpunkt der OP abgedeckt. Den Rest würde sie Cash vor Ort bezahlen, nötigenfalls hatte sie ja noch ihre Eurochecks.

Vorsichtshalber hatte sie auch eine Versicherung bei einer Versicherungsgesellschaft des Klinikums abgeschlossen. Also stand ihrem Traum nichts mehr im Wege. Sie konnte jetzt an die konkrete Planung ihres Vorhabens gehen. März war eigentlich der ideale Monat für die Umwandlung. Es herrschten noch keine sommerlichen Temperaturen. So konnte sie Anfang April zurück sein. Es wurden einige Weiterbildungskurse in Paris und London angeboten. Von beiden Flughäfen dieser Städte gab es Direktverbindungen zum Suvarnabhumi Airport in Bangkok.

Ihren beiden Freundinnen gab sie zu verstehen, dass diese Reise für sie von außerordentlicher Bedeutung wäre. Es war also nur eine halbe Lüge, die sie ihnen auftischte. Auch Bryan war schnell überzeugt, und sie fuhr los. Von ihrer Kleinstadt hatte sie gute Zugverbindungen nach Paris. Bryan fuhr sie zum Bahnhof und verabschiedete sich herzlich. Sie verspürte schon die Vorfreude auf sein Gesicht, das er machen würde, wenn sie als echte Frau zurückkehrte.

Das Flugticket hatte sie bei einer Reisegesellschaft in Luxemburg erworben. Als Ursache ihrer Reise hatte sie Tourismus angegeben. Immer war sie darauf bedacht, nur keine Spuren zu hinterlassen. Ihr Leben hatte sie das meisterhaft gelehrt. Alles war geplant. Es konnte nur reibungslos verlaufen. Zwei bis drei Wochen, das war nicht allzu lange.

Nach zehn Stunden Flug landete sie in Bangkok. Sie checkte im Mandarin Oriental Hotel ein. Jetzt hatte sie noch zwei Tage Zeit. Sie ging durch die Tempelanlagen und am Fluss spazieren. Es war wunderschön hier. Sie würde höchstwahrscheinlich mit Bryan wiederkommen. Sie malte sich schon aus, wie sie mit ihm vielleicht die Flitterwochen verbringen würde.

Am folgenden Tag hatte sie ihren ersten Termin. Sie sprach mit dem Arzt alle Schritte der OP durch, eine sogenannte intravaginale Geschlechtsumwandlung vom Mann zur Frau. Sie fühlte sich gut beraten.

Die Penisinvaginationsmethode war zwar kostengünstiger, aber sie wollte nach der OP als echte Frau dastehen, nicht nur äußerlich, sondern mit allen Gefühlen. Deshalb hatte sie sich für die kombinierte Methode entschieden, die eine optimale Sensibilität der Genitalien garantierte mit einer empfindungsfähigen Klitoris. Eine zusätzliche Brustvergrößerung war nicht nötig, da die Hormonbehandlung bei ihr voll angeschlagen hatte. Ihre Gynästomathie war beachtlich.

Sie nahm noch immer ihre Hormonpräparate. Die Anti-Testosteron Medikamente, die sie bis zur Operation nehmen musste, und die Östrogene, von denen sie den Rest ihres Lebens abhängig war. Auf eine Stimmband-OP verzichtete sie auch, da sie sich durch ihr Stimmtraining schon eine höhere weibliche Stimme angeeignet hatte. Die Assistenzärzte führten noch einige Tests durch. Sie bereitete sich auf die OP am folgenden Tag vor.

Alle ihre Papiere hatte sie vorsichtshalber in einem kleinen Schließfach in der Siam Bank deponiert, das man für umgerechnet etwa 100 Euro für eine Mindestdauer von einem Jahr anmieten konnte. Ihre Angaben an das Klinikum hatte sie beim Notwendigsten belassen und die Formulare so vage wie möglich ausgefüllt. Außer ihrer Nationalität wusste eigentlich niemand, von woher sie stammte. Ihrer Einschätzung nach ging das auch niemanden was an. Keiner sollte je von ihrer Operation erfahren.

Alle Vorbereitungen waren getroffen, und sie war glücklich, als das Klinikpersonal sie in den Operationssaal brachte. Gleich war es soweit. Sie hatte das Gefühl, dass ihr eine Neugeburt bevorstand.

Das verlorene Glück

Eine ganze Woche war nun Bryan schon ohne Nachricht von Manou. Normalerweise wollte sie sich jeden zweiten oder dritten Tag melden. Doch außer einem kurzen Rückruf bei ihrer Ankunft hatte er nichts mehr von ihr gehört. Er versuchte sie zu erreichen. Immer wieder sagte die automatische Stimme: »Der Teilnehmer ist nicht erreichbar.« Sie hatte wahrscheinlich das Handy abgeschaltet, wenn sie sich in einer wichtigen Schulung befand. Aber diese Schulung schien Tag und Nacht zu dauern.

Er begann unruhig zu werden, das war nicht normal: Wo war Manou überhaupt? Auf einer Fortbildung, ja. Sie war nach Paris gereist. Aber Paris ist groß. Entgegen ihrer Gewohnheit hatte sie ihm das Ziel ihrer Reise nicht genau genannt. Er hatte auch nicht darauf geachtet, weil sie sowieso per Handy immer in Verbindung bleiben wollten. In ihren Unterlagen würde er aber vielleicht etwas finden. Entgegen seiner Gewohnheit durchfilzte er ihre Post. Aber alles, was er vorfand, waren ein paar neuere Bankauszüge. Es gab keinen Hinweis auf eine Fortbildung oder ein Ziel. Nichts, kein einziges Indiz.

Ein mulmiges Gefühl beschlich ihn. Nach ihrem Laptop brauchte er nicht zu suchen, das nahm sie sowieso überall hin mit. Im Schrank hingen noch all ihre schönen Kleider. Es sah aus, als ob sie lediglich Wäsche für ein paar Tage eingepackt hatte. Er versuchte ihr Handy orten zu lassen. Es war ausgeschaltet. Der letzte Anruf war aus Paris gekommen. Die logischste Schlussfolgerung: Sie war definitiv in Paris und absolvierte irgendeinen Fortbildungskurs für *Haute coiffure française.*

Sicherlich war Herr Hugo auf dem Laufenden. Bryan dachte, es wäre an der Zeit, sich mal wieder die Haare schneiden zu lassen. Dabei konnte er sich ja beiläufig erkundigen.

Herr Hugo staunte nicht schlecht, als Bryan eintrat: »Ich glaubte, ihr wäret in Urlaub?«

»Nein, zurzeit laufen noch die Kurse. Es sind keine Ferien!«

»Das habe ich mir auch gedacht, aber Manou hat um drei Wochen Urlaub gebeten, und da glaubte ich, ihr würdet zusammen verreisen!«

Bryan war höchst beunruhigt, aber er ließ sich nichts anmerken. Er fragte beiläufig: »Laufen denn zurzeit keine Fortbildungskurse in Paris?«

Hugo sah ihn kopfschüttelnd an. »Doch, schon. Normal laufen da immer Fortbildungskurse, aber ich habe keine Informationen bezüglich irgendwelcher speziellen Weiterbildungen in Paris erhalten!«

Was war hier los? Bryan blieb äußerlich ruhig. Er ließ sich gemütlich die Haare waschen und schneiden, so als hätte er alle Zeit der Welt, doch in Wirklichkeit saß er wie auf heißen Kohlen. Manou hatte ihm nicht die Wahrheit gesagt. Eigentlich hatte sie ihm überhaupt nichts gesagt. Aber warum? Sie konnten doch über alles reden. Welches Geheimnis verbarg sich hinter ihrem Verschwinden? Er hatte ihr zu verstehen gegeben: keine Lügen mehr. Und jetzt kam er sich verschaukelt vor. Was mochte passiert sein? Hatte ihr früheres Leben sie eingeholt? War ihr etwas passiert? Welches

Geheimnis verbarg sich hinter ihrem Verschwinden? Sie hatte ihm versprochen, dass es keine Überraschungen mehr geben würde.

Auch Caroline und Zoe waren höchst beunruhigt. Manou hatte sich bei beiden für drei Wochen verabschiedet. Wieso überhaupt drei Wochen? Warum nicht eine, zwei oder vier? Fragen über Fragen.

Sie hätte doch mit ihm reden können. Irgendwie hätten sie die Probleme schon gelöst. Für Manou hätte er den Kampf mit der ganzen Welt aufgenommen.

Doch diese Welt ohne Manou schien ihm auf einmal so schrecklich leer.

Nachforschungen

Inzwischen war ein ganzer Monat verstrichen, ohne dass etwas passiert war. Die Zeit lief unweigerlich weiter, und noch immer gab es keine Spur von Manou. Bryan konnte nicht einfach dasitzen und warten.

Herr Hugo hatte sich auch gemeldet, um nach ihr zu fragen. Bryan konnte ihm keine Auskunft geben. Es war wie verhext. Als wäre sie vom Erdboden verschwunden, in Nichts aufgelöst.

Bei seinen Kursen hatte Bryan sich ein paar Tage vertreten lassen. Er fuhr nach Paris, um sich selbst zu erkundigen. Aber wo sollte er mit seinen Nachforschungen anfangen? Machte sie ein Praktikum in einem der bekannten Salons? Nichts. Unverrichteter Dinge kehrte er zurück. Vielleicht lag des Rätsels Lösung in Manous Vergangenheit. Woher kam sie überhaupt? Er wusste es nicht. Sie waren einfach glücklich mit dem gewesen, was sie hatten, ohne groß Fragen zu stellen. Sie hatten nicht viel über ihre Vergangenheit geredet. Er wusste nicht einmal ihren Geburtsort.

Es war kein leichtes Unterfangen, Manous Vergangenheit auszugraben. Sie hatte ihre Spuren gut verwischt. Bryan versuchte es trotzdem und begann seine Recherchen. Sie hatte ihm damals bei der Entdeckung ihrer Sexualität ihre Geschichte erzählt. Aber er war eingeschlafen. Ortsangaben hatte sie fast überhaupt keine gemacht. Wo sollte er anfangen?

Er begann im Internet: Manou Foster gab es glücklicherweise nicht viele. Er war schnell hindurch, hatte aber keine brauchbaren Ergebnisse.

War das überhaupt ihr richtiger Name? Er begann an allem zu zweifeln. Ihre Aufenthaltsangaben im Zivilbüro der Gemeinde liefen auf diesen Namen, also musste der wenigstens echt sein. Es mussten aber irgendwelche Spuren zu finden sein. Vielleicht konnte er ihre Familie ausfindig machen. Fosters gab es so einige. Manou war auch ein Transgender. Also sollte die kombinierte Suchaktion mit diesen beiden Parametern doch einige Ergebnisse bringen.

Er hatte Glück und fand einige Informationen auf der Infoseite einer Transgender-Gruppierung. Mit diesen mageren Ergebnissen und ein paar Fotos machte er sich auf die Suche. Im Transgender-Milieu wurde er skeptisch beachtet. Was wollte er? Wieso fragte er nach dieser Transe? Manou hatte in dieser Gruppe nie so richtig Anschluss gefunden, keine Kontakte geknüpft. Ihre Ziele und Forderungen waren ja auch komplett anderer Natur gewesen als die der Gruppe. Dort zeigte man sich auch extrem misstrauisch gegenüber Nicht-Transgender-Personen.

Er erklärte, sie wäre ein Familienmitglied und seit geraumer Zeit vermisst. Auf den Fotos erkannte man sie. Aber sie wäre auf einmal so sang- und klanglos verschwunden. Sie wäre bestimmt schon tot. Man konnte ihm nur wenig Informationen liefern, aber jeder noch so vage Hinweis lieferte ein kleines Stück des Puzzles. Trotzdem kam er nicht weiter. Er begann seine Nachforschungen auch auf die Nachbarländer auszudehnen. Hier hatte er endlich Erfolg. Er fand ihre Familie, ihre Schwestern. Nein, sie hätten nichts mehr von ihrem Bruder gehört, seit dieser mit achtzehn Jahren verschwunden war. Das wäre auch gut so. Denn sie wollten mit diesem Verrückten nichts mehr zu tun haben. Sie wären froh, dass er nie mehr aufgetaucht sei. Dieser Asoziale hätte sie bei ihren Freunden und Verwandten blamiert, sie wären zum Gespött im ganzen Dorf geworden. Der wäre ja so etwas von meschugge gewesen und hätte geglaubt, eine Frau zu sein. Sie waren sich ziemlich sicher, hätten schließlich nie mehr was von ihm gehört, dass er bestimmt schon lange tot wäre. Wieso Bryan überhaupt auf der Suche nach ihm sei?

Da sie ihm sowieso nicht weiterhelfen konnten, gab Bryan eine belanglose Erklärung ab: Manou habe noch Schulden bei ihm. Damit wollten sie nun aber überhaupt nichts zu tun haben. Für diesen Verrückten auch noch bezahlen!

Manou hatte ihre Spuren wirklich gut verwischt, da jeder sie schon für tot hielt. Bryan erschrak bei dem Gedanken, dass sie es vielleicht jetzt wirklich war.

Überall nur Sackgassen. Und Manou war und blieb verschwunden. Alleine kam er nicht mehr weiter.

Er wurde bei der Polizei vorstellig und gab eine Vermisstenanzeige auf. Der Beamte war sehr freundlich und diskret, aber es waren noch andere Menschen zugegen, die ihn misstrauisch beobachteten. Sie hatten mitbekommen, dass er eine Vermisstenanzeige aufgegeben hatte, und am Abend wusste jeder aus der näheren Umgebung, dass Manou, die tolle Mieze von Professor David, spurlos verschwunden war. Der Tratsch lief auf Hochtouren. Jeder gab seinen Senf dazu.

Der Tom kam das natürlich gerade recht. Sie konnte ihre Genugtuung kaum verbergen. Das kam davon, wenn man sich mit so einem unseriösen, hirnlosen, aufgetakelten Flittchen einließ. Das Geld war wohl alle, und nun hatte sie sich nach einer besseren Partie umgesehen. Bryan, dieser unförmige Klotz, war ja auch nicht der Attraktivste mit seiner Übergröße, und dazu gab er sich noch mit Bauarbeitern, Schreinern und anderen Handwerkern ab. Er hätte sich doch besser nach einer Freundin in ihrer Clique umgesehen, eine spirituelle, kultivierte Akademikerin, nicht so eine billige Frisöse.

Bryan hörte überhaupt nicht zu. Für ihn war eine Welt zusammengebrochen. Das Gegeifer der Clique, war ihm egal. Aber immer dieselbe Leier, wie bei einer Gebetsmühle. Die Schüler kicherten auch schon verstohlen hinter der Hand, wenn er den Klassenraum betrat. Er hatte ihnen erklärt, dass es so etwas wie ein Privatleben gab. Außerdem wäre es besser, wenn manche Professoren oder Professorinnen vor ihrer eigenen Tür fegen würden, da gäbe es nämlich genug Staub aufzuwirbeln. Zuletzt sähe der Lehrplan nicht vor, über andere Professoren zu reden, auch wenn es ihn einen feuchten Kehricht interessierte, was andere Menschen über ihn dachten.

Wieso mischte sich jeder in sein Leben ein? Einige seiner Kollegen hatten ein katastrophales Privatleben und waren sozial komplette Nieten, schon zum zweiten Mal geschieden, zum dritten Mal verheiratet, sie standen sogar unter Verdacht, irgendein Techtelmechtel mit Studentinnen oder Studenten zu haben, aber niemand interessierte das, und alles wurde unter den Teppich gekehrt. Und bei ihm schien jeder seiner Schritte ausgiebig dokumentiert, analysiert und begutachtet zu werden. Er konnte nicht mal husten, ohne dass alle informiert wurden und jeder sein Gutachten ablegte, wie er gefälligst zu husten hatte.

Die Tom und ihre Clique ließen keine Möglichkeit aus, um ihn öffentlich zur Schau zu stellen. Sie hatte zum x-ten Male spöttisch gefragt: »Und, wie geht es Manou?« Er war aufgesprungen und hatte sich in voller Größe vor ihr aufgebaut: »Habe ich Sie um Ihre Meinung gefragt? Nein! Also hören Sie mit Ihren dämlichen Spielchen auf. Beschäftigen Sie sich doch spirituell, wenn Sie nichts anderes zu tun haben!« Er war selbst über seine Reaktion erschrocken und dachte: *Du musst dich besser kontrollieren.* Das konnte nicht mehr so weitergehen.

Das Mobbing dieser Gesellschaft zehrte trotzdem an seinen Nerven. Er musste sich eine Auszeit gönnen. Er musste hier raus, auf andere Gedanken kommen, er brauchte eine Ablenkung, eine neue Aufgabe. Vor Jahren, am Anfang seiner Karriere, als er noch nicht sesshaft war, hatte er einige Zeit bei einer belgischen ONG, einer nicht staatlichen Hilfsorganisation, in Südafrika gearbeitet. Er hatte nie großes Aufheben um seine Rolle in diesem Zusammenhang gemacht. Es ging ja auch niemanden etwas an. Sein Freund Ron Fewkes und er hatten damals versucht, in einem Hochtal der östlichen Ausläufer der Kalahari, in den Drakensbergen in Kwa-Zulu im Natal, alte Bewässerungsanlagen in Betrieb zu nehmen. Sie hatten versucht Brunnen zu graben, um an das kostbare Nass zu kommen.

Das Projekt war damals mangels Interesse und finanzieller Mittel aufgegeben worden. Er war zurück nach Europa gekommen und hatte eine gemütliche Laufbahn als Gymnasialprofessor eingeschlagen. Ron und er hatten sich danach aus den Augen verloren.

Wo mochte sein alter Freund sich wohl herumtreiben? Es war womöglich an der Zeit herauszufinden, wo ihr Projekt stand, ob es überhaupt noch Interesse gab, und falls ja, es vielleicht wieder in Angriff zu nehmen. Das würde seinem Leben wieder einen Sinn geben und ihm die nötige Ablenkung verschaffen.

Er hatte Glück. Das Projekt bestand noch. Es lag nur auf Eis. Bryan fand, es wäre eine gute Sache, es wieder aufzutauen.

Einen befristeten unbezahlten Urlaub konnte er sich gönnen. Er musste unbedingt weg von hier. Er sagte niemandem, wohin er fuhr. Niemand sollte ihn finden können. Er wollte seine Ruhe haben.

Nur zu seinen Freunden sagte er: »Passt gut auf meine Scheune auf.«

Der anaphylaktische Schock

Vor der Narkose hatte Manou sich schon gefreut: »Ich werde als echte Frau erwachen!« Doch sie erwachte nicht. Jedenfalls nicht so schnell. Das Schicksal spielte ihr einen Streich. Aber das wusste sie zu dem Zeitpunkt noch nicht.

Ihr erstes Erwachen war sehr konfus. Sie sah verschwommen ein Gesicht über sich. Es musste Bryan sein. Er hatte nach ihr gerufen. Sie hatte es klar und deutlich gehört. Dann vernahm sie in ausgezeichnetem Englisch: »Doktor, Patientin Jane Doe ist erwacht!«

Wer zum Henker war Jane Doe? Sie versuchte krampfhaft einen Gedanken zu fassen, aber dann drehte sich alles und es wurde wieder schwarz.

Sie erwachte zum zweiten Mal. Bryan hatte sie erneut gerufen. Er brauchte ihre Hilfe gegen diese Schreckschraube von Tom. Sie musste unbedingt zu ihm. Mit all ihrer Kraft kam sie wieder nach oben. Aber es war so schwer. Ihre Glieder fühlten sich an wie Blei. Diesmal war das Bild nicht mehr so verschwommen, aber niemand schien in ihrer Nähe zu sein, sie hörte nur aus der Ferne, dass zwei Männer sich stritten: »Hättest du aufgepasst, dann wäre das nicht passiert!«

Was war passiert?

»Den Schock hat sie dir zu verdanken. Anstatt an deine Liebschaften zu denken, wäre es besser, du würdest aufpassen. Das ist jetzt schon der zweite Versuch, sie aus dem Koma zu holen. Pass gefälligst auf die Patientin auf! Sie muss lückenlos überwacht werden. Die kleinste Veränderung in ihrem Verhalten ist wichtig.«

Manou röchelte, versuchte, den Intubations-Tubus loszuwerden. Irgendjemand riss den Vorhang zur Seite. Ihre Augenlider wurden zu schwer. Sie konnte sie nicht mehr aufhalten. Sie sah nur noch verschwommen zwei Gesichter, ein jüngeres und ein älteres, und hörte wie aus der Ferne jemanden sagen: »Bitte Miss, tauchen Sie nicht wieder ab.«

Jetzt war es vorbei. Abtauchen ins Nirwana. Bryan winkte ihr traurig nach. Aber halt, das konnte sie doch nicht! Sie konnte ihn doch nicht allein lassen, und Caroline und Zoe. Sie musste auch wieder zur Arbeit. Bryan würde sich freuen. Sie war doch jetzt eine echte Frau. In ihrem komatösen Zustand sah sie an ihrem Körper herab und entdeckte einen überdimensionalen Penis, der fürchterlich schmerzte. Sie sah, wie die Ärzte daran herumschnippeln. Die Tom stand daneben und lachte. »Du wirst nie eine echte Frau werden. Du bist und bleibst Bryans Tusse.« Sie sah vor ihrem geistigen Auge, wie Bryan, gedemütigt und dem Spott preisgegeben, sich umdrehte. Er sah so verloren aus. Sie musste zurück, aber da war eine Wand. Sie nahm Anlauf und rannte hindurch.

Sie war im Bett aufgesprungen und hörte den jungen Arzt sagen: »Die Behandlung mit Adrenalin war erfolgreich. Sie ist wieder bei Bewusstsein.«

Sie flüstert schwach: »Wo ist Bryan?«

»Wer?«

»Mein Mann.«

Der junge Arzt sah sich um: »Hier ist niemand!«

Nach einiger Zeit fragte sie: »Doktor, wie war die OP?«

»Wunderbar, nur bei der Narkose haben Sie Dummheiten gemacht. Sie hatten einen anaphylaktischen Schock, der durch die Unverträglichkeit der Relaxationsmedikamente verursacht wurde, und sind dadurch ins Koma gefallen. Dies war bestimmt Ihre erste größere OP?«

Sie nickte. Sie war noch nie operiert worden. Diese Unverträglichkeit müssen Sie unbedingt in ihrem Pass vermerken lassen.

»Sie lagen danach sieben Monate im Koma. Papiere haben wir bei Ihnen leider nicht gefunden, sodass wir niemanden benachrichtigen konnten.«

Manou dachte kurz nach. Sie musste erst mal ihre Gedanken ordnen. »Der ist im Schließfach in der Bank, mit dem übrigen Geld für die Operation.«

Der Arzt schien aufzuatmen.

Manou schreckte auf: »Dann haben wir jetzt Anfang Oktober. Ich muss unbedingt nach Hause. Ich muss unbedingt zu meinem Mann!«

»Wir müssen Sie noch stabilisieren, sonst erleiden Sie womöglich einen Rückfall. Und wir müssen Sie auch mobilisieren. Sie lagen über Monate bewegungslos. Präventiv haben wir zwar alles unternommen, aber Ihre Muskulatur ist schwach. Drei Wochen müssen Sie sich schon gedulden. Es bleibt auch noch ein kleiner operativer Eingriff zur Vaginoplastie. Dann kann man den Unterschied zu einer echten Frau nicht mehr erkennen. Dafür brauchen wir keine Vollnarkose, das können wir schnell durchführen.«

Für Manou brach eine Welt zusammen. Als sie etwas Kraft gesammelt hatte, versuchte sie, Bryan per Telefon zu erreichen, doch sie hörte nur: »*Kein Anschluss untern dieser Nummer.*« Was sollte das denn? Es war doch Bryans Nummer. Sie musste ihn unbedingt erreichen. Immer wieder versuchte sie es und bekam jedes Mal dieselbe Antwort. Unter Berücksichtigung des Zeitunterschieds probierte sie es auch zu nächtlicher Stunde. Nach westeuropäischer Zeitrechnung musste er doch jetzt zu Hause sein. Nichts!

In ihrer Verzweiflung versuchte sie es bei Caroline.

»Hallo, Caroline?«

Schweigen.

»Caroline? Bist du dran?«

Zaghaft kam die Antwort: »Bist du es, Manou?« Sie hörte, wie Caroline am anderen Ende mit jemandem sprach und Erklärungen abgab, dann: »Wo bist du? Was ist los?«

»Weißt du, wo Bryan ist? Ich versuche ihn schon eine ganze Zeit zu erreichen!«

Vorwurf schwang in Carolines Stimme mit: »Tja, das hättest du dir früher überlegen müssen.«

»Wo ist er denn?«

»Er ist weg!«

Er war weg, dachte sie. *Er hat nicht auf mich gewartet.* Ihre ganze Welt brach zusammen. Wie aus weiter Ferne hörte sie noch Caroline sagen: »Wo bist du? Was ist denn überhaupt los?«

Dann wurde ihr schwarz vor den Augen, und der Hörer fiel ihr aus der Hand. Als sie ihn wieder aufnahm, war die Verbindung unterbrochen. Sie hatte nur noch einen Gedanken: Zurück nach Hause!

Der Arzt versetzte sie noch zwei Tage in Tiefschlaf, gefolgt von ein paar Tagen intensiven Aufbautrainings, sodass sie Kräfte sammeln konnte.

Die zweite OP war ein Klacks, da die Wunden der ersten gut verheilt waren und keine Schwellungen den Eingriff erschwerten. Aber Monate im Koma hatten ihrer körperlichen Konstitution arg zugesetzt. Glücklicherweise war sie die ganze Zeit mobilisiert worden, sodass sie keine Kontrakturen aufwies, trotzdem musste sie erst wieder gehen lernen. Mit eisernem Willen begann sie ihr Rehabtrainig.

Die ersten Tage waren äußerst beschwerlich, aber sie wollte, koste es, was es wolle, so schnell wie möglich nach Hause. Sie hatte noch zwei Mal kurz mit Caroline telefoniert und ihr mitgeteilt, dass sie durch einen tragischen Unfall sechs Monate im Koma gelegen hatte. Caroline war erleichtert. Nicht über den Unfall, aber dass es für Manous Verschwinden einen Grund gab. Das erklärte vieles. Aber wo Bryan war, damit war Caroline überfragt. Sie hatte keine Ahnung.

Die Rückkehr

Jetzt konnte Manou nichts mehr halten. Widerwillig ließ der behandelnde Arzt sie gehen und schärfte ihr ein: »Sie sind noch lange nicht über den Berg!« Ein ganzer Haufen Vorschriften und guter Ratschläge begleitete seine Ausführungen. Sie hörte nur mit halbem Ohr hin.

Kaum war Ihr Flugzeug in Paris gelandet, versuchte sie, Bryan auf dem Handy zu erreichen. Vergeblich. Sie wollte so schnell wie möglich nach Hause kommen. Die Schmerzen waren erträglich. Es war nur lästig, dass sie den Dilator noch zweimal täglich benötigte.

Vom CDG Airport zur Paris Gare de l'Est war es nur ein Klacks, und schon saß sie im Schnellzug Richtung Heimat. Sie hatte nur wenig Gepäck. Der Weg zog sich lange hin, schließlich waren es noch vier Stunden Fahrt. Unterwegs grübelte sie, was sie wohl erwartete? Es war ihr unmöglich Bryan, zu erreichen. Was war mit ihm passiert? Oder nahm er einfach ihren Anruf nicht entgegen? Hatte er womöglich eine andere? Unvorstellbar, oder?

Sie musste nur einmal in Luxemburg umsteigen, und endlich war sie am Zielbahnhof angelangt. Dort nahm sie sich ein Taxi. Nur noch eine halbe Stunde, dann hatte sie endlich Gewissheit. Was sollte sie Bryan erzählen? Wie ihn begrüßen? Wie würde er sie begrüßen? Fragen über Fragen. Sie war ebenso ratlos wie damals, bevor Bryan ihre Transsexualität entdeckte. Das Schicksal brachte sie immer an diesen Punkt zurück: diese Unsicherheit.

Das Taxi fuhr langsam bei der Scheune vor. Kein Lebenszeichen. Alles war verschlossen, alles schien verlassen. Dabei war es Manou, als wäre sie gestern noch hier gewesen. Ihr Schlüssel passte noch. Sie hatte schon das Schlimmste befürchtet. In der Garage standen der Jeep, der Omega und ihr feuerroter Mini. Sie stieg die Treppe zum Loft hoch. Das Haus war leer, die Möbel mit Laken zugedeckt. Hier war schon seit einiger Zeit niemand mehr.

Manou setzte sich erst einmal. Ihr schwacher Zustand und die weite Reise hatten sie vollends erschöpft. Der Arzt in Bangkok hatte sie ja nur mit Widerwillen entlassen und ihr geraten, sich noch einige Wochen zu schonen, aber sie hätte jetzt die Nähe von Bryan bitter nötig gehabt. Doch wie schon so oft in ihrem Leben, so war sie in heiklen Situationen immer nur auf sich alleine gestellt.

Auf sich alleine? Kaum hatte sie sich gesetzt, war Caroline auch schon da, gefolgt von Zoe. Sie hatten das Taxi gesehen. Caroline sah sofort, dass etwas nicht stimmte, nein, dass hier überhaupt nichts mehr stimmte.

Alle Vorwürfe, die sie für Manou aufgehoben hatte, waren mit einem Schlag vergessen. Sie umarmte sie herzlich und meinte: »Du siehst aber gar nicht gut aus!«

Zoe wusste nichts zu sagen, aber ihre Umarmung sprach für sich.

»Was ist denn passiert? Wo warst du so lange?« Manou verstand, dass sie nicht allein war. Sie brach in Tränen aus und begann zu erzählen. Die Operation verschwieg sie, aber sie erklärte ausführlich, dass sie einen schweren Unfall gehabt und mehr als sechs Monate im Koma gelegen hatte, weil sie die Narkose nicht vertragen und dabei einen anaphylaktischen Schock erlitten hatte.

Wo war Bryan? Die beiden wussten es nicht.

Aber Caroline war eine praktische Frau, und hier musste man erst einmal Nägel mit Köpfen machen. Also das Haus erst einmal wieder bewohnbar machen. Sie war kategorisch und sagte: »Du ruhst dich jetzt erst einmal aus. Zoe und ich werden das schon schaukeln.«

Es dauerte nicht lange, und die Laken waren von den Möbeln verschwunden und die Heizung hochgeschaltet, sodass sich eine wohlige Wärme ausbreitete.

Manou war so erschöpft, dass sie auf dem Sofa eingeschlafen war. Ein angenehmer Duft von Bratkartoffeln weckte sie. In den Sesseln gegenüber saßen Peter und Bruno stillschweigend und beobachteten sie.

Bruno begann als Erster zu reden: »Wir freuen uns, dass du wieder da bist. Du hast uns echt Sorgen bereitet. Zoe und Caroline haben uns schon alles erzählt. Mädchen, was machst du nur für Sachen?«

»Du siehst noch sehr mitgenommen aus«, übernahm dann Peter das Wort, »aber jetzt kannst du erst mal ausruhen und dich erholen. Caroline und Zoe werden hier nach dem Rechten sehen. Wir haben uns mit ihnen abgesprochen, und die nächsten Tage können sie ruhig hierbleiben.« Und mit einem Grinsen fuhr er fort: »Wir kommen dann nur zum Essen rüber! Und deinen Bryan, den werden wir irgendwie schon finden.«

Manou antwortet zaghaft: »Ich danke euch. Ihr seid wirklich Freunde!«

Bruno winkte ab: »Nicht der Rede wert, der Professor war immer nett und freundlich. Ein wirklich guter Mensch. Das sind wir ihm schuldig.«

Caroline war jetzt auch aufgetaucht, Zoe werkelte noch in der Küche. »Erst mal päppeln wir dich wieder auf, dann sehen wir weiter. Wenn du irgendwas brauchst, wir helfen dir. Keine Widerrede! Dafür sind Freundinnen doch da. Du würdest das Gleiche für uns tun. Und jetzt zu Tisch.«

In dieser Nacht schlief Manou viel ruhiger. Sie wusste, es hatte sich so vieles grundlegend geändert, aber sie war nicht mehr alleine. Und Bryan – sie würde nicht aufgeben, bis sie ihn gefunden hatte.

Die verlorene Frau

Die ersten Tage verliefen ruhig. Manou schlief viel und versuchte, wieder zu Kräften zu kommen. Caroline und Zoe umsorgten sie. Die beiden waren froh, dass die ganzen Fragen um ihr mysteriöses Verschwinden beantwortet waren. Manous Erklärungen waren auch hieb- und stichfest. Sie hatte einen banalen Unfall gebaut, und bei der anschließenden banalen Operation hatte sie, durch die Unverträglichkeit mit der Narkose ausgelöst, einen anaphylaktischen Schock erlitten, durch den sie lange ins Koma gefallen war. Da ihre Papiere unauffindbar waren, hatte man sie als Jane Doe eingestuft, bis sie endlich nach mehr als sechs Monaten aus dem Koma erwacht war.

Auch Herr Hugo war überglücklich, sie wiederzusehen. Er hatte die Hoffnung schon fast aufgegeben, so wie seine Kunden, die immer wieder nach ihr fragten und die schlimmsten Vermutungen geäußert hatten, wo sie geblieben sein könnte. Niemand konnte sich erklären, warum sie so klammheimlich verschwunden war – und dann der arme Professor. Er war untröstlich gewesen, hatte aber nie an ihr gezweifelt.

Natürlich gab es die üblichen giftspritzenden Schlangen. Doch jetzt hatte sich alles geklärt, und diese Schandmäuler wurden Lügen gestraft. Die Mädchen im Salon waren auch alle erfreut und hatten sie umarmt, und Stephanie wartete sofort mit einer Neuigkeit auf: Die Tom war wieder aufgetaucht, und nachdem sie über Manou hergefallen war, hatte Herr Hugo sie kurzerhand an die frische Luft gesetzt und ihr kurz und bündig zu verstehen gegeben, dass er in Zukunft auf sie als Kundin verzichten würde.

Manou sagte: »Aber Herr Hugo ...«

»Fräulein Manou, ich hatte Ihnen schon mal gesagt, dass ich absolut nichts gegen meine Mädchen gelten lasse, und diese Person hatte bei Weitem das Maß des Erträglichen überschritten.« Monsieur Hugo wollte sie sofort wieder einstellen, aber er verstand, dass sie jetzt andere Prioritäten hatte. Er versprach ihr aber noch eine Auszeit, wenn sie ab und zu stundenweise aushelfen kam. Zu viele Kunden hatten sich nach ihr erkundigt.

Manou bedankte sich herzlich.

»Aber dafür sind doch Freunde da!«, meinte Herr Hugo beiläufig. Er hatte sein Personal immer mehr als Freunde als Bedienstete behandelt.

Den Schlüssel zum kleinen Mauersafe in der Scheune hatte sie an ihrem Bund. Dort fand sie die Bankunterlagen und konnte alle Kontodaten abrufen. An ihrem Konto hatte niemand gerührt. Sie verfügte noch immer über ansehnliche Mittel. Es reichte noch für einige Monate. Mit der Aushilfe bei Hugo Intercoiffure war also ihre finanzielle Zukunft gesichert.

Die Suche

Manou fühlte sich stark genug. Sie konnte die Suche nach Bryan beginnen. Wo war er hin? Wem hatte er seinen neuen Aufenthaltsort verraten? Es kam ihr schon komisch vor, dass er selbst Caroline und Zoe, die doch immer für ihn da gewesen waren, nicht eingeweiht hatte. Die beiden hatten überhaupt keine Ahnung, wohin er gegangen sein könnte. Er hatte sich nur kurz verabschiedet mit den Worten: »Passt mir gut auf meine Scheune auf.« Sie hatten beide geweint und kein Wort über Manou verloren.

Sie versuchte es bei seinen Freunden. Diese waren erstaunt. Unverhohlen gaben sie ihr zu verstehen, dass sie gedacht hatten, das Flittchen wäre ausgebüxt. Sie sparten nicht mit Vorwürfen. Nur wegen ihr war Bryan verschwunden. Er hatte überall nach ihr gesucht, aber sie war nicht aufzufinden gewesen. Ihr Verschwinden hatte ihn mehr mitgenommen, als er zugeben wollte. Er hatte alles auf den Kopf gestellt. Vergebens.

Dass sie selbst tatkräftig mitgeholfen hatten, ihm das Leben zur Hölle zu machen, verschwiegen sie natürlich.

Manou entschuldigte sich und bat sie inständig um Hilfe. Aber leider hatten sie zu viel zu tun, sie waren zu beschäftigt, was interessierte sie überhaupt diese blöde Tusse? Vielleicht wollten sie auch deshalb nichts sagen? Nein, sie wussten überhaupt nichts. Und dann diese falschen Freunde, die versuchten, sie über den Verlust von Bryan hinweg zu trösten. Sie wollte keinen Ersatz. Dann wäre sie lieber ins Kloster gegangen. Sie wollte ihren Bryan.

Caroline war nicht zimperlich und schmiss kurzerhand alle raus.

»Wenn sie zu nichts taugen, dann brauchen sie auch nicht hier zu sein«, sagte sie bestimmt.

Manou versuchte es nun bei der Schuldirektion des Lyzeums. Es war ein Spießrutenlauf, und sie erntete nur feindselige und schadenfrohe Blicke. Sie fragte sich, wie Akademiker so gemein sein konnten. Nur der Direktor war freundlich und zuvorkommend. Er hatte natürlich auch mitbekommen, was vorgefallen war, und kam sofort zum Punkt. Bryan hatte ein Jahr unbezahlten Urlaub beantragt, um an einem Forschungsprojekt in Südafrika zu arbeiten. Seinem Antrag war vonseiten des Unterrichtsministeriums sofort stattgegeben worden. Viel mehr wusste er nicht.

Bryan hatte von einer ONG geredet, bei der er schon einmal gearbeitet hatte, aber welche? Und über die Gegend, wo das Projekt realisiert wurde, hatte er auch nicht viel verlauten lassen, so als würde er befürchten, jemand könnte ihn aufspüren.

Ein Jahr wollte er dem Projekt widmen und seine relative Ruhe haben. Um welches Land es sich handelte, wusste der Direktor auch nicht. Vielleicht Südafrika, Botswana, Swasiland, Transvaal … jedes dieser Länder konnte es sein.

Manou war verzweifelt. Wo sollte sie jetzt noch suchen?

Beim Verlassen des Gymnasiums begegnete sie Fräulein Tom. Es war, als hätte diese auf sie gewartet. »Ah, das Flittchen ist wieder da. Hat es Ihnen bei Ihrem neuen Lover nicht mehr gefallen? War das Geld alle?«

Manou ging ohne ein Wort an ihr vorbei. Die größte Blamage für solche Menschen war es, wenn man nicht auf ihre Provokationen reagiert.

Am selben Abend kam Frau Welter zu Besuch. Sie bot Manou ihre Hilfe an: »Wie kann ich dir helfen? Der Bryan und du, ihr seid beide so sympathisch. Ich möchte irgendwie helfen. Kann ich wirklich nichts für dich tun?« Sie erzählte Manou, was sich so alles während ihrer Abwesenheit im Gymnasium zugetragen hatte. »Ich konnte einfach nicht glauben, dass du so sang- und klanglos verschwunden warst ohne einen triftigen Grund.« Die Tom wäre in ihrem Element gewesen: »Ich habe nie an das Gift, das sie versprüht hat, geglaubt. Ich wusste, dass ich mich nicht so geirrt haben konnte.« Sie erzählte weiter: Diese Oberzicke habe den Bryan unmöglich gemacht. Immer wieder habe sie behauptet, dass Manou ja sowieso nichts getaugt hätte – eine billige Frisöse ohne Stil, völlig unbekannt. Wo der Bryan nur solch ein billiges Flittchen aufgegabelt haben könnte, die nur mit ihrem Aussehen die Männer aufmischen konnte, wo doch die innerlichen Werte so wichtig wären. Sie schüttelte den Kopf »Ich glaube, sie hatte ganz vergessen, dass sie mit überhaupt nichts aufwarten kann, da ihr Innerliches ebenso schwarz und hässlich ist wie ihr Äußerliches. Alles, was sie aufzuweisen hat, ist ihr hässliches Schandmaul. Sie ließ übrigens auch keinen guten Fetzen an mir. Ich müsste ja so was von blind sein, dass ich deine wahre Natur nicht erkannt hatte. Aber das sei nun mal so bei billigem Pack. Die schützten sich gegenseitig. Ich hätte ja auch keine akademischen Titel.

Zu ihr selbst gäbe es da ja einen riesengroßen Unterschied. – Ich habe ihr geantwortet, ich bräuchte keine so langen Tiraden, ich müsste mich nur im Spiegel betrachten, dann würde ich den Unterschied schon sehen. Sie hat die Farbe gewechselt und ist puterrot angelaufen. Ich habe sie ohne ein weiteres Wort einfach stehen gelassen. Der arme Bryan tat mir schon leid. Hat diese Schreckschraube doch versucht, die Leere, die du hinterlassen hast, auszunutzen. Aber der Bryan war nicht zu trösten. Was glaubst du, wie die gegeifert hat, als er sie ein zweites Mal hat abblitzen lassen. Sie hätte dich am liebsten trotz Abwesenheit als Hexe auf dem Scheiterhaufen verbrennen lassen – und mich gleich mit. Zur Abschlussfeier des Gymnasiums ist Bryan überhaupt nicht erschienen. Seine Studenten waren untröstlich. Er hat meinem Mann zu verstehen gegeben, dass es ihm unter den gegebenen Umständen unmöglich war, weiter an unserem Gymnasium zu unterrichten. Mein Mann versuchte, ihn umzustimmen. Aber vergebens. Er hat ein Jahr unbezahlten Urlaub beantragt, um ein Forschungsprojekt, das er vor Jahren begonnen hatte, zu Ende zu bringen. Seinem Antrag wurde auch sofort stattgegeben. Weitere Angaben hatte er nicht gemacht.«

Sie war optimistisch: » Ich habe mich erkundigt. Er hat nie über dieses Forschungsprojekt gesprochen. Niemand weiß, wo er sein könnte. Aber er hat ja nur ein Jahr Auszeit genommen. Mit dem neuen Schuljahr im September spätestens müsste er wieder hier sein. Wir brauchen nur zu warten. Nach den Sommerferien wird er seinen Dienst am Gymnasium wieder aufnehmen.«

Sie kam wieder auf ihr Angebot zurück: »Ich möchte dir meine Hilfe anbieten, meine Freundschaft hast du schon. Wir müssen uns öfter sehen. Übrigens würde es mich sehr freuen, wenn du deine Freundinnen mitbringen würdest. Es sind nette und hilfsbereite Menschen, von der Sorte gibt es nicht mehr sehr viele.«

Ein halbes Jahr warten, dachte Manou. Das würde ja nie vorübergehen. Wo war Bryan nur? An welchem Forschungsprojekt arbeitete er? Das müsste doch herauszufinden sein.

Bei den Ministerien saßen meist die fantasielosesten Mitarbeiter. Freundlichkeit hatte hier nicht oberste Priorität, und jedes Mal, wenn Manou anrief, schien sie diese Bediensteten gerade in ihrer Kaffeepause zu stören. Telefonisch wurde sie von einem Büro in das andere weitergeleitet, um dann wieder beim ersten Gesprächspartner zu landen. Jedes Mal hing sie stundenlang in der Warteschleife. Am Ende war sie doch nicht weitergekommen.

»Wie heißt der Vermisste?«

»Bryan David!«

»Sozialversicherungsnummer?«

Sie nannte die Nummer.

»Hier ist kein Bryan David verzeichnet! Wo hat er gearbeitet?«

»Klassisches Gymnasium.«

»Da sind Sie hier falsch verbunden. Dann müssen sie Frau Soundso anrufen!«

Klack und die Verbindung war weg.

Sie rief wieder an: »Könnten Sie mich bitte mit Frau Soundso verbinden?«

»Die ist zur Zeit abwesend, aber ich kann Sie mit Fräulein X verbinden.«

Warteschleife.

»Ja, hier Fräulein X?«

Sie fragte wieder.

»Dann muss ich Sie weiterverbinden an Frau Y.«

Wieder Warteschleife – und so ging es immer weiter. Manou würde wohl nichts anderes übrigbleiben als zu warten. Ein halbes Jahr, hatte Frau Welter gesagt, spätestens im September musste er wieder zurück sein.

Alle Wege sind Sackgassen

Im Juni war Schulschluss, die Abschiedsfeier. Manou wartete geduldig. Frau Welter hatte sie eingeladen. Höflich hatte Manou sich entschuldigt. Ohne Bryan da aufzutauchen würde eine Revolution verursachen, aber das beeindruckte Frau Welter nicht. Sie konnte die Tom absolut nicht leiden und hatte keine Bedenken, ihr die Stirn zu bieten.

Noch immer kein Lebenszeichen von Bryan.

Der August verging, dann kam der September, das neue Schuljahr hatte schon begonnen, und noch immer keine Spur. Manou hatte ein ungutes Gefühl. Hatte Bryan sich ganz abgemeldet und hatte man vergessen, es ihr mitzuteilen? Eigentlich war man nicht gezwungen, ihr irgendetwas mitzuteilen. Aber Herr und Frau Welter hätten sich bestimmt gemeldet, wenn sie etwas wussten.

Sie kontaktierte den Direktor. Er hatte nichts gehört, von Seiten des Ministeriums ließ man ihn auch im Unklaren. Er fragte nach und bekam nur die lapidare Antwort, dass Herr David noch ein weiteres Jahr unbezahlten Urlaub beantragt hatte und diesem Antrag auch stattgegeben worden war. Nach mehrmaligen Anrufen im Ministerium bekam er dann endlich heraus, dass die Antwort auf seinen Antrag postlagernd nach Maseru in Afrika geschickt worden war.

Manou wollte nicht noch ein Jahr warten. Weder Caroline noch Zoe hatten Bryan je von Maseru oder dem Königreich Lesotho reden hören. Diese beiden Begriffe waren ihnen völlig unbekannt.

Manou filzte noch einmal Bryans Post durch auf der Suche nach diesen beiden Namen. Vielleicht gab es dort wenigstens Auskünfte über ONGs, die Mitarbeiter aus Westeuropa beschäftigten. Nichts. Mit all ihren Versuchen hatte sie noch nicht einmal herausgefunden, bei welcher Hilfsorganisation er überhaupt beschäftigt war.

Es war wie verhext. Wieso überhaupt diese Geheimniskrämerei? Es gab einige ONGs, die in Lesotho tätig waren, mit Sitz in Maseru. Vielleicht konnte sie bei diesen etwas in Erfahrung bringen.

Sie nahm sich eine Auszeit und buchte einen Flug nach Maseru.

Die UN betrieb dort ein Informationszentrum, das UNIC, mit Sitz für die UNDP – die United Nations Development Programme.

»Bryan David? Nie gehört!« Ebenso bei der UN-FPA. Man schüttelte den Kopf, der Name war ihnen völlig unbekannt. UNICEF wie auch WHO konnten ihr ebenfalls nicht weiterhelfen, obwohl sie sich Mühe gaben. Es war zum Verzweifeln.

Vielleicht war er nur in Lesotho zwischengelandet? Sie flog weiter nach Bloemfontein, wieder nichts. In Johannesburg dasselbe, auch hier keine Spur.

Aber Nachforschungen hatten ergeben, dass ein gewisser Bryan David mit der Air France von Roissy CdG nach Johannesburg geflogen war. Ab hier verlor sich allerdings auch jede Spur.

Er musste doch irgendwo sein. Seine Anfrage um Verlängerung des Urlaubs konnte ja nicht aus dem Nichts gekommen sein.

Immer wieder stellte man Manou dieselben Fragen: Wo hatte er studiert? Auf welcher Universität? Welches Institut hatte ihn vermittelt? Das alles wusste sie nicht.

Auf einmal wurde ihr klar, wie wenig sie wirklich von Bryans Leben wusste. Damals auf der Brücke war er wie aus dem Nichts aufgetaucht, und davor? Sie hatte keinen blassen Schimmer. Durch ihre Vorsicht hatte sie bewusst ihre Vergangenheit in den Diskussionen mit Bryan ausgeklammert. Sie hatten beide überhaupt nicht über ihre Vergangenheit geredet.

Vielleicht hatte er Nachforschungen über ihre Vergangenheit angestellt und war auf Details gestoßen, die ihm absolut nicht gefallen hatten und die er ihr nicht verzeihen konnte. Vielleicht hatte er ihre Familie wiedergefunden und Kontakt aufgenommen. Sie hatte ja so manches verborgen. Die schlimmsten Szenarien schwirrten in ihrem Kopf herum. Auf was war er gestoßen, das ihn zum Verschwinden veranlasst hatte?

Wieder zu Hause angelangt, forschte sie bei Caroline und Zoe nach. Für sie war er immer nur der Professor gewesen. Es schien, als wäre er als solcher geboren worden.

Nein, er hatte sich nie abwertend über Manou geäußert. Ganz im Gegenteil, sogar ihr Verschwinden hatte er zu entschuldigen versucht.

Wo sollte sie noch suchen? *Das bringt nichts*, dachte sie, *du musst systematisch vorgehen.* Die Erklärungen des jetzigen Zustandes lagen vermutlich in der Vergangenheit. Also zurück zum Anfang. Geburt, Kinderjahre, Grundschule. Wo waren seine Eltern? Was war aus ihnen geworden? Hatte er Geschwister?

Sie war schon am Ende, bevor sie überhaupt richtig begonnen hatte. Es war wie verhext. Sie begann seine Papiere zu durchstöbern, seine Diplome. Aha: Gymnasium in Luxemburg, Abitur, dann Universität von Liège, Lüttich, Bachelor, Master, Doktor der Uni Nancy. Vielleicht konnten diese Institutionen weiterhelfen. Sie sprach im Mathematikinstitut der Uni Lüttich vor. Man konnte sich noch gut an Bryan David erinnern, an seine außergewöhnlichen Leistungen. Auch in Nancy gab man sich sehr kooperativ, aber man konnte ihr nicht weiterhelfen. Sie wussten nicht einmal, in welchem Gymnasium er heute unterrichtete. Wieso war er überhaupt mit seinen Leistungen Gymnasialprofessor geworden?

Wenigstens hatte sie aber herausgefunden, woher er stammte. Man konnte sich in seinem Heimatdorf noch gut an die Familie erinnern. Seine Eltern waren wohlhabend gewesen. Er hatte eine Schwester gehabt. Als er weg war, hatte sie alles geerbt. Das war ganz bestimmt nicht mit rechten Dingen zugegangen. Seit der Zeit hatte man den Bryan nie mehr gesehen. Aber es war niemand mehr von der Familie anzutreffen. Außer einigen pikanten Stories über Bryans Schwester verliefen auch hier alle Spuren im Sand.

Wo hatte er seine praktische Ausbildung verrichtet? Das war verhältnismäßig leicht festzustellen. Er hatte an verschiedenen Instituten Praktika absolviert. Man redete mit Respekt über ihn. Er war überall beliebt gewesen. Wieso er nicht am besagten Institut geblieben war? Erklärungen gab es dafür keine, nur Mutmaßungen. Also wieder eine Sackgasse.

Wieso war er nach einem Jahr Auszeit nicht aufgetaucht? Manou konnte sich keinen Reim daraus machen, und keiner konnte ihr eine brauchbare Erklärung liefern.

Sie begann Zweifel zu hegen. Vielleicht hatte er irgendwo anders sein Glück gefunden? Aber früher oder später hätte er dann seine Scheune wenigstens verkaufen müssen. Vielleicht war er auch zwischenzeitlich zu einer seiner früheren Freundinnen zurückgekehrt? Caroline und Zoe waren skeptisch: Nein, das konnten sie sich überhaupt nicht vorstellen.

Manou begann trotzdem, Nachforschungen in diese Richtung anzustellen. Fiona hatte sie erst misstrauisch beäugt. Was wollte diese Frau von ihr? Sie wurde dann doch sehr redselig: Der Bryan, der sei schon ein komischer Kauz gewesen. Sie beschrieb ihn als groben, ungehobelten Klotz, der so gar nicht in das Schema eines Mathematikprofessors gepasst habe. Kultiviert wäre er überhaupt nicht, Eigenbrötler, der fast keine Freunde gehabt hätte und sie außerdem von ihren Freunden isolieren wollte. Aber Freunde brauchte man schließlich in seinem Leben. Er wäre eifersüchtig, er habe sie nur für sich alleine haben wollen. In der Clique, da herrschten nun mal verschiedene Regeln. Kurzum: Der Name Bryan Rübezahl passte vollkommen zu ihm. Manou war sich nicht sicher, ob sie von demselben Mann redeten. Wie hatte er bloß mit so einer Frau anbändeln können?

Bei den anderen seiner Verflossenen war das Urteil teils noch schlimmer. Bryan wäre ein Primitivling, nicht spirituell und kultiviert und passte absolut nicht in ihren Freundeskreis und zu ihren Hobbys. Er verkehrte ja auch überhaupt nicht in ihren Kreisen.

Wieder keine brauchbaren Hinweise. Wiederum eine Sackgasse.

Caroline mußte lachen: »Ja, das ist die Schickeria, die das Bild der High Society reflektierte: spirituell bis zur Dämlichkeit, gebildet bis zu den Troglodyten, kultiviert bis zu den Neandertalern. Arme Neandertaler!« Dass der Bryan als normaler Erdenmensch da nicht hineingepasst hatte, das war wohl das Natürlichste auf der Welt gewesen. Nein, für Caroline war es absolut unmöglich, dass er dahin zurückgekehrt war, nachdem er Manou kennengelernt und sie selbst gesehen hatte, wie die beiden miteinander lebten. Aber Caroline kannte ihr Geheimnis ja auch nicht.

Manou plagte ihr schlechtes Gewissen. Hätte sie ihm doch nur gesagt, was sie vorhatte. Sie hätten diesen Entschluss gemeinsam treffen sollen. Sie hätte ihn wenigstens aufklären müssen. Aber hinterher war man immer schlauer. Vielleicht waren sie auch gar nicht füreinander bestimmt. Das Schicksal hatte ihr schließlich schon so manchen bösen Streich gespielt.

Aber Manou war eine Kämpfernatur. Sie hatte es so weit gebracht und war jetzt auch sexuell eine Frau. Nein, aufgeben kam nicht in Frage!

Das Bankgeheimnis

Noch immer kam regelmäßig Post für Bryan. Es war meistens nur belangloses Zeug. Die Rechnungen beglich Caroline. Sie hatte eine Vollmacht für sein Konto. Den Rest hatte sie in einen großen Schuhkarton verfrachtet.

Vielleicht brauchte er manchmal Geld und man konnte aus seinen Bankunterlagen herausfinden, wo er sich befand? Mit den Onlinebanking-Daten konnte Manou seine Kontobewegungen abrufen. Ihr fiel auf dass, obwohl er unbezahlten Urlaub genommen hatte, regelmäßig Geldbeträge auf sein Konto überwiesen wurden. Monatlich ein gewisser Pauschalbetrag, und zwar von einem Schweizer Bankkonto.

Eine erste Spur: Er bekam Geld aus der Schweiz. Ihre Nachforschungen auf Bryans Bank ergaben, dass das Geld aus einer Baseler Filiale stammte. Sie wurde bei dieser Bank vorstellig. Man war zwar sehr freundlich und zuvorkommend zu ihr, aber Informationen bekam sie keine. Es gab schon Schwierigkeiten bei der Identifikation ihrer Zugehörigkeit, in welchem Verhältnis sie zu Bryan David stand. Und wozu wollte sie die Informationen? Die Nachforschungen in der Schweiz erwiesen sich als äußerst schwierig: Das Bankgeheimnis!

Sie bekam trotzdem über Umwege und Indiskretionen heraus, dass das Geld von einer belgischen ONG stammte. Eine Vereinigung, die Entwicklungshilfe in Südafrika unterstützte und verschiedene Projekte finanzierte.

Welche es war? Darüber dürfte man ihr keine Informationen geben. Sogar mit einem Gerichtsbeschluss wäre wenig zu erreichen gewesen. Manou verstand nicht, warum man sich dort so sperrte. Es war ja schließlich kein Verbrechen, anderen Menschen zu helfen, und sie wollte doch nur eine Information und keinen Zugang zu dem Geld. Wieso diese Geheimniskrämerei?

Mit den spärlichen Informationen versuchte sie nun ihr Glück bei den belgischen ONGs. Davon gab es einige mit Sitz in Brüssel, Gent und Antwerpen. Sie klapperte alle ab. Aber es war enttäuschend und immer das gleiche Szenario. Zuerst wurde man misstrauisch. Was wollte diese Frau von einem ihrer angeblichen Mitarbeiter?

Geduldig erzählte sie ihre Geschichte. Dann versuchte man ihr zu helfen, aber es war wie verhext, einen Bryan David kannte niemand. Dieser Name tauchte nicht in ihren Unterlagen auf. Die Bankunterlagen in diesem Zusammenhang lieferten überhaupt nichts. Solche Pauschalbeträge wurden generell an freie Mitarbeiter überwiesen. Die Liste derer jedoch war lang und top secret, die Wege des Geldes sehr verschnörkelt. Überall herrschte äußerste Diskretion. Sein Flugticket hatte er selbst beglichen, also verlief alles wieder im Sand.

Bryan blieb wie vom Erdboden verschwunden. Irgendwann gab es für Manou nur noch einen Ausweg: *Perdu de vue,* die Sendung von Jacques Pradel.

Caroline war ein Fan dieser Vermisstensendung und verpasste keine Folge. Sie schrieb den Sender an und erhielt eine positive Antwort. Manou wurde in die Sendung eingeladen, um von ihrer Geschichte zu berichten und die damit verbundene Suche zu erklären. Es war für sie die letzte Chance. Traurig saß sie da und erzählte, dass sie ihren Freund und Lebensgefährten suche, den sie schon über ein Jahr vermisste und von dem jede Spur fehlte.

Jacques stellte sie kurz vor und ergänzte die Informationen für das Publikum. Das letzte Mal hatte Manou Bryan vor zwei Jahren gesehen. Dann hatte sie einen schrecklichen Unfall und lag viele Monate im Koma, ohne dass er erfahren konnte, was mit ihr geschehen war. Als sie wieder aufwachte und versuchte, den Kontakt herzustellen, musste sie feststellen, dass er verschwunden war und niemand wusste, wohin.

Ihre Botschaft: »Bitte, wenn du diese Nachricht irgendwie bekommst, lass etwas von dir hören. Teile mir wenigstens mit, ob es dir gut geht. Ich liebe dich. Du fehlst mir. Ich kann ohne dich nicht leben. BITTE!«

Ihr war schwindelig, denn sie wusste, es war ihre letzte Chance! Sie wischte sich eine Träne ab. Ihre Bitte war inständig.

Der Moderator übernahm wieder: »Sie haben Manou jetzt gehört, lassen Sie bitte etwas von sich hören!« Eine Telefonnummer wurde eingeblendet.

Dann wieder Kameraschwenk zu Manou. Sie hatte Fotos mitgebracht. Auch diese wurden gesendet. Sie zeigten glückliche unbeschwerte Tage des Paares.

»Wenn Sie diesen Mann irgendwo gesehen haben oder wissen, wo er sich aufhält beziehungsweise aufgehalten hat, melden Sie sich bei uns.« Es wurde wieder die Telefonnummer eingeblendet. »Oder richten Sie ihm aus, er soll selbst irgendwie den Kontakt aufnehmen.« Mann wünschte Manou viel Glück und versprach, dass das Fernsehteam das seine dazu beitragen würde, dann ging es zum nächsten Fall.

Manou saß noch einige Zeit da, unfähig, irgendetwas zu tun, bis sie das Studio verließ. Sie hatte alle Hoffnungen aufgegeben, dabei waren Caroline und Zoe so optimistisch gewesen. Aber das Leben ging weiter. Sie hatte ihre Suche zwar nicht aufgegeben, aber die Chancen standen schlecht.

Caroline und Zoe besuchten sie täglich. Sie hatte ihren Job wieder aufgenommen. Er bescherte ihr etwas Ablenkung, wenn die Klienten sie nicht gerade danach fragten, wie weit sie mit ihrer Suche war. Die meisten wollten ihr Mut machen. Es würde sich alles schon zum Guten wenden. Ihre Arbeitskolleginnen versuchten sie etwas aufzuheitern, aber Manou fühlte sich so furchtbar einsam. Nur der Gedanke, dass Bryan irgendwo da draußen war und auf einmal vor der Tür stehen könnte, spendete ihr etwas Trost in ihrer tiefen Traurig-keit.

Die zweite Sendung

Fast ein Jahr nach der ersten Sendung wurde Manou wieder von Jacques Pradel eingeladen. Es hatte Fortschritte gegeben. Jacques blieb jedoch geheimnisvoll, und Manou war sehr aufgeregt. Hatte das Fernsehteam Bryan gefunden? Wie ging es ihm? War er bei guter Gesundheit? Was war während der zwei Jahre passiert? Wie würde das Wiedersehen verlaufen? Würde er ihr Vorwürfe machen? War er überhaupt mit der neuen Manou einverstanden? Ihre Gedanken überschlugen sich.

Caroline und Zoe standen ihr wie immer bei. Es würde schon schief gehen. Aber sie wussten ja auch nichts von der tiefen Metamorphose, die Manou durchgemacht hatte. Doch allgemein war man gespannt auf die Fernsehsendung.

Jetzt saß sie klopfenden Herzens im Studio.

Jacques begann wieder mit ihrer Geschichte, Auszüge aus der ersten Sendung, dann die Botschaft: »Bitte melde dich!« Er stellte das Fernsehteam vor. Sie hatten eine fantastische Reise gemacht. Zuerst waren sie bei den ONGs vorstellig geworden. Diese hätten sich als außerordentlich hilfsbereit erwiesen, kannten aber leider keinen Bryan David. Das Fernsehteam argumentierte, man müsse ihn aber kennen, denn sie bezahlten ihn schließlich. Sie gaben gerne Auskunft über all ihre Projekte. Man wollte in Fernsehsendungen keine Werbung machen, aber für einen guten Zweck … Es wurde eine Kontonummer eingeblendet.

Bei der Air France, die regelmäßig den südafrikanischen Kontinent anflog, waren die Passagierlisten durchgesehen und ein Bryan David gefunden worden, der bis nach Johannesburg geflogen war. So weit war ja Manou selbst schon gekommen, aber da hatte sich die Spur verloren. Dem Fernsehteam schien es nicht besser gegangen zu sein. Die Aktionsgebiete der ONGs wurden nacheinander abgeklappert: Lesotho, die Homelands, Ciskei, Transkei – nichts! Kein Weißer namens Bryan aufzutreiben. Das letzte Gebiet, das sie durchkämmen mussten, lag in den Drakensbergen in KwaZulu im Natal an den östlichen Ausläufern der Trockensavanne. Bis hierher hatte man es geschafft, also wurde dieses letzte Gebiet auch noch abgeklappert.

Das Fernsehteam platzte dort mitten in eine sensationelle Nachricht: Das alte Flussbett, seit über zwanzig Jahren ausgetrocknet, führte seit etwa einem Jahr wieder Wasser. Allgemein zeigte man jedoch wenig Interesse für die Belange des Teams. Einen Teil der alten Bewässerungsanlagen habe man schon wieder in Betrieb genommen, doch es blieb noch sehr viel zu tun. Der ONG zuliebe: Nein sie kannten ihn nicht, die Kinder auch nicht. Sie zeigten aber auf einen gut aussehenden Schwarzen, der in einem alten Rover-Samil vorfuhr, einer dieser stolzen Zulu, von denen das Team schon berichtet hatte. Er kam aus den Bergen und fuhr hier regelmäßig vorbei. Er musste viel rumgekommen sein.

Freundlich fragte das Fernsehteam bei ihm nach. Nein, er kenne weder einen Bryan noch einen Mister David. Wieder nichts, es war zum Verzweifeln. Eine Reporterin reichte ihm dann Fotos. Ein breites Grinsen erhellte das Gesicht des Zulus, und in gebrochenem Englisch mit Afrikaans gab er ihnen Auskunft: »No, not Mister David, dat is Manqaba Hunter.« Übersetzt bedeutete dies: der Jäger, Sieger in ausweglosen Situationen. Der Zulu nickte eifrig, er stellte sich vor: »Dleline der Bote.«

Die erste gute Nachricht seit Langem. Er war bereit, das Fernsehteam hinzuführen.

»Wir könnten Sie in unserem Jeep mitnehmen, der ist komfortabler«, meinte die Reporterin.

Der Führer schüttelte den Kopf: »Wir können von Glück reden, wenn wir ihm folgen können. Er fährt einen dieser alten Militär-Samil. Die sind unverwüstlich. Mit Differenzial fährt der an einer Wand hoch.«

Und tatsächlich, mit Müh und Not konnten sie ihm folgen. Er hielt manchmal an, und das Team filmte ungestört die Täler und Berge. Die Aufnahmen waren einfach fantastisch. In einem Jahr hatte die Region sich schon teilweise erholt. Eine üppige, subtropische Vegetation hatte im Flusstal die Dornsavanne zurückgedrängt. Manchmal mussten sie auch das Flussbett durchqueren, durch das seit Menschengedenken kein Wasser mehr geflossen war. Auch die Tiere hatten schon wieder in das Tal zurückgefunden. Antilopen, Impalas und sogar Giraffen konnten sie filmen.

Es ging weiter den Pass hoch, die Vegetation wurde immer dichter und die Piste immer besser. Als sie den Pass überquert hatten, breitete sich das Hochtal unter ihnen aus. Es war das Paradies. Marulabäume, dazwischen Gras, auf dem fette Rinder grasten und nicht die mageren Kühe, die sie bis jetzt gesehen hatten. Kulturen von Maniok und Süßkartoffeln. Dazwischen war der Fluss immer wieder zu Teichen aufgestaut. Dleline erklärte: »Darin züchten wir Tilapias, sehr guter Fisch.«

Auf einer kleinen Anhöhe, mitten im Tal, das Kraal, das Dorf. Farbenfrohe Hütten im Ndebele-Stil. Ein einzigartiges Schauspiel. Die Kinder kamen ihnen schon entgegen. Sie sahen wohlernährt aus. Und mitten im Dorf ein Weißer.

Manou im Studio war enttäuscht, sie kannte die Silhouette nicht, es war nicht David, der Hunter. Also erst mal nichts. Der Sender legte eine Pause ein: Werbung.

Manou war am Verzweifeln, aber Jacques lächelte nur.

Dann wurde die Sendung wieder aufgenommen. Das Fernsehteam steuerte auf den Weißen zu und Dleline stellte ihn vor: »Fokazi Hooker.«

»Ein Fernsehteam, hier, mich laust der Affe! Sie müssen sich weit verlaufen haben«, sagte der Mann. »Gestatten, Ron Fewkes, genannt *der Hooker*.«

Dleline redete wie ein Wasserfall.

»Langsamer Dleline, ich verstehe nichts, wenn du so schnell redest«, bremste Fewkes ihn.

Die Reporterin zeigt ihm nun auch ein Foto: »Kennen Sie diesen Mann?«

»O ja, das kann man wohl sagen, das ist Hunter.«

»Und wo können wir diesen Mister Hunter finden?«

Der Hooker deutete auf die Berge hinter dem Tal: »Da oben. Sie bauen am Damm, aber wenn Sie warten, heute Abend kommt er wieder runter.«

»Nein, wir möchten nicht warten. Können Sie uns hinbringen?«

»Wie Sie wollen. Dleline wird Sie hinführen, aber nehmen Sie den Tunnel.«

»Hier oben einen Tunnel?«

»Das erklärt Ihnen der Hunter selber, und nun hoch mit Ihnen.«

Je höher sie fuhren, desto fantastischer wurde die Landschaft. Es war nur ein sehr kurzer Tunnel, von den Wassermassen gerissen, und dann sahen sie den Damm vor sich. Und oben am Damm ...

Manou erkannte diese übergroße Silhouette sofort. Dleline war begeistert. Auch die Reporterin hatte ihn erkannt. Als der Jeep hielt, rief sie ihm zu: »Sind Sie Bryan David?«

Misstrauisch beäugte er die Reporterin. »Wer möchte das wissen?«

»Eine gewisse junge Dame.«

Mit einem Satz war er aus dem Wasser und stand neben ihr. »Doch nicht Manou, Manou Foster?«

Die Reporterin nickte.

»Wo ist sie?«

»Sie schaut uns gerade zu.« Sie zeigte auf die Kamera.

»Hallo Manou.« Bryan, winkte in die Kamera.

Er umarmte herzlich die Journalistin und wischte sich eine Träne aus dem Auge.

Jacques ließ sich im Fernsehstudio Zeit. »Wie Sie sehen, war unser Team erfolgreich. Keine Mühen haben wir gescheut.«

Die Reporterin kam herein und berichtet kurz. Das Team habe eine fantastische Reise durch den südafrikanischen Kontinent hinter sich. Herrliche Landschaften, freundliche Menschen. Man würde noch Wochen brauchen, um das gesamte Filmmaterial aufzuarbeiten. Aber das Ziel der Reise, Bryan David zu finden, hatten sie erreicht.

Manou saß wie auf heißen Kohlen.

»Und hier ist er: Bryan David, genannt Manqaba der Hunter.«

Langsam kam Bryan die Stufen ins Studio herunter. Er war noch im Militärlook gekleidet.

Manou saß wie festgewurzelt auf ihrem Platz. Er sah noch besser aus, als sie ihn in Erinnerung hatte. Sie bekam fast keine Luft mehr.

Er streckte beide Arme nach ihr aus. Sie sprang auf und flog ihm an den Hals: »Endlich! Ich hab dich endlich wieder!« Sie konnte ihre Tränen nicht mehr zurückhalten.

Wieder eine Sendepause mit Werbung, in der sich die beiden begrüßen konnten. Bryan drückte seine Manou nur stumm an sich. Er würde sie nie mehr gehen lassen.

Jacques wollte noch einige Erklärungen darüber, wie sie sich kennengelernt hatten. Sie verschwiegen selbstverständlich einige Details. Dann kam er noch einmal auf Manous Geschichte zurück. Man kannte sie ja schon. Anschließend Bryans Geschichte und einige Erklärungen über das Projekt in Afrika. Ron und er hatten vor einigen Jahren mit dem Hochtalprojekt begonnen, es war jedoch mangels finanzieller Mittel ins Stocken geraten. Das Hochtal war fast ausgetrocknet, und die Bewohner hatten sich angeschickt, es zu verlassen. Früher war der Fluss hindurchgeflossen, aber der hatte seinen Lauf geändert und floss sofort in den Tugela. Es hatte nichts geholfen, kostspielige Brunnenanlagen zu graben. Diesmal waren sie das Problem an der Wurzel angegangen und hatten die Stelle gefunden, wo der Fluss aus dem Hochtal ausgebrochen war. Sie hatten versucht, mit den Dorfbewohnern einen Damm zu errichten. Aber das alte Flussbett war verschüttet, und um das Wasser wieder dorthin zu leiten, mussten sie einen Tunnel graben. Als sie fast fertig waren, geschah etwas völlig Unvorhergesehenes. Seit mehr als zwanzig Jahren hatte es nicht mehr geregnet, aber in dieser Nacht regnete es in Strömen, das Wasser staute sich und suchte sich einen Weg ins Tal. Die Wassermassen hatten ein gewaltiges Loch in die Felswand gerissen, und der Tunnel war fertig geworden und viel größer als am Anfang geplant.

Das war vor einem Jahr gewesen. Innerhalb eines Jahres hatte sich die Vegetation völlig verändert, und aus dem ausgetrockneten Hochtal war ein Paradies entstanden.

Während der ganzen Zeit sagte Manou kein einziges Wort. Sie hielt nur ihren Bryan est, als wolle sie ihn nie mehrloslass

Das Wiedersehen

Endlich waren sie allein in ihrer Suite im Hotel. Bryan setzte sich aufs Sofa, wortlos setzte sich Manou neben ihn.

»Das mit dem Unfall und dem Koma musst du mir erklären«, begann er. »Was ist da passiert?«

Wortlos nahm sie seine Hand und führte sie zwischen ihre Schenkel. *Jetzt kommt es*, dachte sie, *jetzt kann ich endgültig meine Koffer packen. In seinen Augen habe ich bestimmt nicht richtig gehandelt. Oder er fällt einfach über mich her.* Nur langsam drehte sie ihm das Gesicht zu. Er schaute ihr in die Augen und schüttelte den Kopf.

Zaghaft sagte sie: »Ich habe dich nicht belogen, ich habe dir nur nicht alles gesagt.«

»Wieso hast du es getan?«

»Ich möchte deine Frau werden und dich glücklich machen.«

Er streichelte über ihre Haare. »Ich hätte noch so viele Fragen, aber das ist jetzt unwichtig. Ich bin einfach nur glücklich, dass du wieder da bist. Du hast das für mich getan?«

Sie nickte: »Für uns. Das mit dem Unfall stimmt: Ich vertrug die Narkose nicht, erlitt einen Schock und lag über sechs Monate im Koma.«

»Du bist haarscharf am Sensenmann vorbei geschlittert, und ich wusste es nicht einmal. Du hattest keine Nachricht hinterlassen, alle E-Mails gelöscht, deinen Laptop mitgenommen. Es schien, als hättest du den Vorwand der Fortbildung genommen, um mich stillschweigend zu verlassen. Es hat geschmerzt, und ich wollte dich suchen, um dir meinen Schmerz mitzuteilen, dich fragen, ob es dir wenigstens gut geht. Aber ich wusste nicht einmal, wo ich mit der Suche beginnen sollte. Ich habe die halbe Welt auf den Kopf gestellt, um dich zu finden, lag nächtelang wach und grübelte, was ich wohl falsch gemacht haben könnte. Ich wollte nicht mehr dableiben, wo wir so glücklich waren. Die Scheune ohne dich war komplett leer. Vor deiner Zeit war ich schon zwei Mal in Afrika gewesen, mit derselben ONG. Deshalb konntest du mich nicht finden. Sie kannten nur den *Hunter*.« Lächelnd fügte er hinzu: »Aber du hast die ganze Welt auf den Kopf gestellt, um mich zu finden, hast zwei Jahre nach mir gesucht.«

»Ja, aber durch Caroline und Zoe wusste ich erst, wie viel ich dir bedeute. Sie haben mir sehr geholfen. Ich hätte die Suche nie aufgegeben. Verzeih mir, dass ich dir so viel Kummer bereitet habe.«

Er küsste sie auf den Mund: »Ich bin nicht hier, um dir Vorwürfe zu machen. Ich freue mich ungemein, dass du wieder da bist. Du hast mir so gefehlt.«

Sie nickte und umarmte ihn, küsste ihn. Es war einer dieser innigen Küsse, wo einem das Herz überläuft und man nicht mehr aufhören möchte. Sie steigerten sich langsam und wussten, dass sie unweigerlich im Bett landen würden.

Manou flüsterte: »Warte, ich geh mich umziehen.« Sie verschwand im Bad.

Es war schwer zu fassen, sie waren wieder vereint, all die Schmerzen und Enttäuschungen wie weggeblasen. Es war, als wären keine zwei Jahre verstrichen.

Manou saß im Bad vor dem Spiegel. Was sollte sie anziehen. Ihre schönste Nachtgarnitur hatte sie mitgenommen, aber irgendwie passte die nicht zu ihrem Vorhaben. Mit einem Tubus hatte sie das Gleitgel in ihre Vagina injiziert, das sie seit ihrer OP benutzte. Sie musste ihre Vagina peinlichst sauber halten, um Entzündungen vorzubeugen. Durch die fungizide und bakterizide Wirkung war sie relativ gut geschützt, außerdem schrieb man dem Gel eine erotisierende Wirkung beim Geschlechtsverkehr zu.

Sie entschied, überhaupt nichts anzuziehen, stieg nur in den Bademantel und ging ins Schlafgemach. Bryan wartete schon im Bett auf sie. Er war ebenfalls nackt und hatte das Licht gedimmt. Sie streifte den Bademantel ab und legte sich zu Ihm. Er umarmte sie leidenschaftlich. Sie begannen sich wieder zu streicheln und zu küssen, diesmal bis unter die Gürtellinie. Delikat massierte er ihre Klitoris. Das hatte sie noch nie erlebt. Sie wand sich in ihrer Lust. Er war eigentlich der erste Mann in ihrem Leben. Ihr Atem ging schneller. Es war berauschend. Nur allzu gut wusste sie, wie sie ihn auch bis zum Wahnsinn treiben konnte.

Kein Oralsex, darauf stand er überhaupt nicht.

Aber sie kannte seine Schwachpunkte.

Sie atmeten beide schwer.

Er lag seitlich neben ihr: »Glaubst du, dass es funktioniert?«

»Ich weiß nicht, du bist der Erste, mit dem ich es ausprobiere!«

Er küsste sie innig.

Sie flüsterte: »Du wirst mir meine Unschuld nehmen!«

Sanft drang er in sie ein. Es war das erste Mal, dass sie Sex auf diese Weise hatten. Sein Eindringen war sehr behutsam, um ihr nur keine Schmerzen zu bereiten. Es war ein komplett anderes Gefühl, ein viel tieferes und innigeres. Sie spürte jetzt seine Schamhaare. Er war fast ganz in ihr. Sie hob ihr Becken und kam ihm entgegen.

Langsam senkte sich sein Oberkörper vollends auf sie. Sie spürte seine Brusthaare, drückte ihre Brüste etwas nach vorne, sodass seine Brustwarzen auf den ihren lagen. Er stützte sich auf seine Ellbogen, sodass er ihr nicht zu schwer wurde.

Sie schlang ihre Arme um seinen Hals und küsste ihn innig. Es war das erste Mal, dass sie so nah beieinander waren: Lippen auf Lippen, Brustwarzen aufeinander, Nabel auf Nabel und sein Penis in ihrer Scheide. Sie stemmte ihre Füße in seine Kniekehlen und drückte ihren Unterleib fest an den seinen. Sie hätte ewig so liegen können. Ihre Zungen berührten sich leicht. Sie erschauerte und presste ihre Beckenmuskulatur zusammen. Ihre Vagina zog sich eng um Bryans Glied. Er folgte, und durch das Zusammenziehen seiner Muskulatur hob sich sein Penis. Ihre Körper blieben so eine Zeit lang fest ineinander verkeilt, und sie bewegten nur ihre Beckenmuskulatur. Jede noch so geringe Bewegung seines Penis spürte Manou auf ihrem Kitzler. Sie steigerten sich in ihrer Lust, ihre Muskelbewegungen wurden intensiver, und sie begann langsam ihr Becken zu rotieren. Er folgte ihrer Bewegung. Dann zog er sich etwas zurück. Sie stemmte sofort wieder ihre Füße in seine Kniekehlen, hob sich ihm entgegen und zog sein Glied wieder vollends in sich.

Sie wiederholten diese Aktion langsam und mit viel Gefühl, steigerten sich und fanden ihren Rhythmus. Sie hätte jedes Mal schreien können, wenn sein Penis an ihrer Klitoris vorbei schmirgelte. Aber sie stand nicht auf Schreien. Sie stöhnte lediglich und holte tief Luft zwischen den Küssen.

Dieses innige Zusammensein war ein wunderbares Gefühl. Es war, als würde von ihrem Herzen aus ihr ganzer Körper mit Wärme durchströmt. Es war das Gefühl, leicht zu sein und Sinne schwinden zu lassen.

Bryans Atem ging auch schwer, und sie sah die Lust in seinen Augen. Sie verlangsamten ihren Rhythmus bis zum Stillstand, wieder ließen sie nur ihre Beckenmuskulatur spielen. Dieses Gefühl, sich vollends zu verlieren, wurde noch intensiver. Manou flüsterte ihm zu: »Ich liebe dich!«

Er küsste sie innig und antwortete: »Du bist meine Frau!« Sie küsste ihn wieder innig. Sie war nicht mehr seine Freundin oder Lebensgefährtin, sie war seine Frau, sein perfektes Gegenstück.

Langsam begannen ihre Becken wieder zu kreisen, sie fanden ihren Rhythmus. Sie hob ihren Oberkörper leicht an. Bryans linker Arm lag um ihre Taille, ihr rechter Arm um seinen Hals, die freien Hände hatten sie ineinander verkrallt. Es hatte den Anschein, als würden ihre Körper einen langsamen Walzer miteinander und ineinander tanzen. Bei ihren Küssen berührten sich ihre Zungen immer wieder. Manou erschauerte jedes Mal. Das Gefühl zu fliegen wurde noch intensiver. Sie spürte ihr Herz wie wild pochen.

Sie wurden wieder langsamer, um zu Atem zu kommen, und gaben ihre Tanzposition auf. Sie streckte ihre Hände nach oben. Ihre Füße strichen von seinen Kniekehlen nach außen. Sie öffnete sich ganz für ihn. Langsam glitten seine Arme unter ihren durch, und seine Hände suchten die ihren von innen. Sie verkrallten sich erneut ineinander. Es wirkte, als wäre sie ihm vollends ausgeliefert. Sie dachte, beim dritten Anlauf würde er in ihr explodieren und sie überschwemmen. Dann wäre sie vollends seine Frau.

Sie küssten sich immer wieder, ihre Körper rieben sich aneinander. Sie steigerten ihren Rhythmus, nicht schneller, sondern tiefer und fester. Ihre Brüste wurden hart und schwer. Sie war nur noch Gefühl. Es war, als würde sie von innen explodieren und diese Explosion sich über ihren ganzen Körper ausbreiten. Ihr Körper bäumte sich auf, sie hielt den Atem an. Auch Bryans Körper bäumte sich. Er gab noch zwei, drei schnelle Stöße und drang tief in sie ein. Sie spürte, wie sein Samen mitten in ihrer Explosion gegen die Hinterwand ihrer Vagina spritzte und stöhnte laut auf.

Sie rangen nach Atem und keuchten beide. Einen Augenblick verblieben sie so. Bryan stütze sich auf seine Ellbogen und schaute sie an. Manous Augen waren glasig. Ihr Körper zitterte vor Anstrengung.

»Ich liebe dich!«, flüsterten sie sich zwischen den Küssen zu. Ihr Mund war leicht geöffnet, und sie berührte immer wieder seine Zunge. Sie hielt nichts davon, dem anderen die Zunge weit in den Mund zu stecken. Alles wohl dosiert und mit viel Gefühl, es war herrlich. Sie raunte in sein Ohr: »Du hast mich jetzt definitiv zu deiner Frau gemacht!«

Er richtete sich auf und lächelte sie an: »Die bist für mich die schönste, tollste und heißeste Frau im Universum.«

Manou wusste, er meinte es auch so. Sie spürte wieder seine Brustbehaarung auf ihren steifen Brustwarzen. Beim nächsten Zungenkuss fühlte sie in ihrer Vagina, wie sein Glied wieder steifer wurde. Sie verkeilte ihre Unterschenkel über seine Oberschenkel, machte eine Bewegung des Beckens und spürte, wie sein Glied sich vollends verhärtet. Er wollte sie aber schonen und richtete sich wieder auf.

Manou war nicht einverstanden. Sie schlang ihre Arme um seinen Hals, verkeilte gänzlich ihre Schenkel und zog sich so an ihm hoch. Sie küsste ihn leidenschaftlich und spürte, wie ihr Körper leicht an seinem nach unten glitt, wie er unter dieser Bewegung wieder vollends in sie eindrang. Sie wollte dieses Gefühl des Explodierens immer wieder verspüren.

Er erwiderte leidenschaftlich ihren Kuss, und sie wusste, es war nicht das letzte Mal in dieser Nacht.

Der Tag danach

Als Manou erwachte, lag sie mit dem Rücken gegen Bryan. Sein Arm hielt sie noch umschlungen. Das Tuch, das sie auf ihren Unterleib gelegt hatte, war feucht. Es war an der Zeit, wieder ihr Gleitmittel zu nehmen. Sie hatte den Tubus schon vorsorglich am Abend auf dem Nachttisch bereitgelegt. Sie führte ihn ein und injizierte die voreingestellte Menge. Das Mittel kühlte ihre Vagina, es war ein angenehmes Gefühl.

Sie legte sich wieder zu Bryan und dachte an die Nacht mit ihm. Dabei verspürte sie ein komisches Prickeln in ihrem Unterleib. Ihr Atem ging schneller. Sie betrachtete sein Gesicht und die Ruhe darin, dann küsste sie ihn leidenschaftlich. Er erwachte und erwiderte ihren Kuss. Sie hatte sich seitlich zu ihm gelegt. Er drehte sich vollends zu ihr. Sie schlang ihre beiden Arme um seinen Hals.

Er lächelte sie an: »Ich hatte diese Nacht einen unglaublich fantastischen Traum!«

»Träumen wir weiter«, flüsterte sie ihm zu.

Sie lagen fest gegeneinandergepresst, nur das Handtuch, lag zwischen ihnen. Sein Atem ging schneller, und sie spürte den Druck seines Penis auf ihrem Unterleib. Ihre Brustwarzen versteiften sich. Sie küsste ihn noch einmal leidenschaftlich und sagte leise: »Nimm mich jetzt, hier, sofort!« Sie legte sich auf den Rücken und öffnete sich komplett.

Er glitt über sie, sie nahm seinen Penis in die Hand und zeigte ihm den Weg. Mit einem kräftigen Stoß nahm er Besitz von ihr. Manou war es, als würde er bis in ihr Herz dringen. Sie hätte sofort explodieren können. Aber es war viel schöner mit ihm zusammen. Sie hatte ihre Füße wieder auf seine Kniekehlen gesetzt und die Hände über ihren Kopf gelegt. Seine Hände lagen auf ihren, und delikat rieben sie ihre Handflächen aneinander. Sie hatten wieder schnell ihren Rhythmus gefunden. Ihr Atem ging schwer und ihr Stöhnen erstickten sie in ihren Küssen. Ihre Bewegungen wurden intensiver. Ihre Handflächen rieben sich schneller aneinander. Bis ... Seine Hände krallten sich an die ihrigen, sein Körper bäumte sich auf, er holte zum Stoß aus. Sie hatte ihre Hände auch in die seinen verkrallt, ihr Körper bäumte sich auf, ihr Becken bewegte sich ihm entgegen, sie begegneten sich, und er drang tief in sie hinein. So ineinander verschmolzen blieben sie einige Augenblicke. Manou spürte eine heiße Wolke in ihrer Vagina, die sich über ihren ganzen Körper auszubreiten schien. Sie stöhnte laut. Einige Augenblicke verblieben sie in dieser Position, dann fielen sie in sich zusammen. Fast außer Atem schlang sie wieder ihre Arme um seinen Hals und küsste ihn leidenschaftlich. »Danke«, flüsterte sie.

»Ich danke dir auch.« Bryan schaute tief in ihre glasigen Augen. »Du bist heiß und unersättlich.«

»Und du bist so stark!«

Es war komplett um ihn geschehen.

Sie blieben noch eine Weile so liegen und blickten sich tief in die Augen und streichelten sich. Dann ließ er von ihr los. Er hob sein Becken an, und mit einem schmatzenden Geräusch zog er seinen Penis aus ihrer Scheide. Er drehte sich auf den Rücken. Sie reichte ihm eine der beiden Servietten, die sie bereitgelegt hatte. Er legte sie auf seinen

Unterleib. Mit der ihrigen trocknet sie sich ab und legte sich wieder zu ihm. Halb auf ihm küsste und streichelte sie ihn noch eine Zeit lang.

Sie war jetzt seine Frau, sein Alter Ego. Es war ein herrliches Gefühl.

Manou stand auf: »Ich gehe duschen, ich brauche ja nachher etwas länger.« Sie ging langsam ins Badezimmer.

Bryan schaute ihr nach. Die langen Unter- und Oberschenkel, auf denen sich die Muskulatur nur schemenhaft abzeichnete, das schmale Becken, der kleine Bauch, der auch eher weich als muskulös schien, und dann die fantastischen Brüste, ihr schönes Gesicht, das für ihr Alter extrem jugendlich aussah und doch etwas streng, ihre dichte, pechschwarze Haarpracht, die ihr fast bis zum Steiß reichte. Und dann diese Glutaugen, in denen man sich verlor. Sie hatten es Bryan besonders angetan.

Er hörte die Dusche und stand gemächlich auf. Ein Bademantel hing bereit, und er zog ihn über. Er ging auch gemächlich ins Badezimmer. Sie stand noch unter Dusche. Durch das getönte Glas sah er nur verschwommen ihre Konturen.

Sie kam aus der Dusche hervor mit ihrem Badetuch. »Es ist jetzt frei für dich!«

Er schaute sie an, wie sie begann sich abzutrocknen. Das schwarze Dreieck zwischen ihren Schenkeln bestand nicht aus Haaren.

»Du hast keine Schambehaarung?«

»Nein, es ist ein Tattoo!«

»So, ein Tattoo!«

Sie lächelt verschmitzt »Eifersüchtig?«

»Nein, Männer sind nie eifersüchtig, nur manchmal etwas verärgert!«

»Gefällt es dir?«

»Es sieht überaus sexy aus.«

»Ich habe es vor meiner OP stechen lassen, um zu sehen, wie weit der Eingriff gehen würde.«

»Kluges Mädchen!«

Sie lehnte sich an ihn und drückte ihm einen Kuss zwischen Mund und Wange. Ein solcher Kuss lässt den stärksten Mann weich werden. Am liebsten würde er sie jetzt wieder mit unter die Dusche nehmen.

Als hätte sie seine Absicht erraten, sagte sie: »Nicht jetzt, heute Abend!«

Er hörte, während er sich duschte, wie sie ihre Haare föhnte. Dann verschwand sie aus dem Badezimmer. Er stand unter der dem Wasser und grübelte. Er hatte die tollste Nacht seines Lebens verbracht mit einem … Transsexuellen … Blödsinn, mit einer Frau, *seiner Frau*, und das war sie jetzt definitiv. Er trocknet sich ab, und als er wieder in die Suite ging, saß sie vor dem Boudoir und legte letzte Hand an ihr Aussehen. Er fand, sie sah jetzt noch viel schöner aus als vor ihrem Verschwinden. Sie hatte einen knielangen, schwarzen Samtrock an und trug außerdem nur ihren Büstenhalter.

Lächelnd zeigte sie auf ihren Hals: »Deine Kette!«

Dieses Lächeln konnte einen zum Schmelzen bringen. »Ja, ich bin jetzt gezähmt.«

»Wilde Tiere kann man nur einfangen, nicht zähmen.«

»Es ist ja auch nicht für mich oder dich gedacht, sondern für die anderen. Sie soll ihnen zu verstehen geben, dass ich kein Freiwild mehr bin.«

»Und du wirst sie immer tragen?«

»Nein! Nur bis zu dem Augenblick, wenn du mir einen Ring schenkst!«

Sie erstaunte ihn doch immer wieder. Er küsste sie, kleidete sich zügig an.

Manou hatte der Jahreszeit entsprechend ein etwas weiteres und warmes Oberteil gewählt. Sie drehte sich einmal vor ihm: »Gefalle ich dir?«

Was für eine Frage!

Sie checkten aus. Sie bezahlte die Rechnung mit ihrer Scheckkarte, darauf bestand sie. Aber was machte das jetzt noch aus? Sie waren ja zusammen. Dann verstauten sie ihre Sachen im Mini.

Manou fuhr, der Wagen war ja auf sie abgestimmt. Während der Fahrt hatte sie ihren Rock etwas hochgezogen, so konnte sie besser schalten und die Pedale bedienen. Bryan hatte einen guten Blick auf ihre langen Beine und ihre schönen Oberschenkel. Sie schaltete, und er legte seine Hand auf die ihre.

Vier Stunden würde die Fahrt dauern. Aber was waren schon vier Stunden für ein ganzes Leben?

Bryan war am überlegen. Was war passiert? Er hatte eine fantastische sexuelle Begegnung mit einer Frau gehabt. Dieses Erlebnis hatte seine Vorstellungskraft gesprengt. Solche Höhen und Tiefen der Gefühle hatte er nicht in seinen kühnsten Träumen erwartet. Aber Manou war keine Frau? Oder doch?

Auf einmal kam ihm die Sprache sehr beschränkt vor. Wie sollte er Manou beschreiben? Wie sollte er ihre Beziehung beschreiben? Dazu müsste er Wörter erfinden. Hier war die Sprache schlichtweg am Ende. Aber das, was sie erlebt hatten, war real. Sie hatten sich entschieden, ihre Intimität zu leben. Es war ja ihre persönliche Bindung, und doch warf sie so viele Fragen auf. Die Schöpfung war beileibe nicht perfekt, wie manche religiös fanatisierten Banausen es glauben lassen wollten. Aber hatten sie nicht die Möglichkeit bekommen, Fehler und andere Unzulänglichkeiten der Schöpfung zu korrigieren?

Man hätte stundenlang darüber polemisieren können und wäre trotzdem zu keinem befriedigenden Resultat gekommen. Manou reagierte überhaupt nicht wie die anderen Frauen, die er vor ihr kennengelernt hatte. Bei allen seinen vorigen Freundinnen war er sehr schnell mit seinem Latein am Ende gewesen. Wenn er geglaubt hatte, endlich einen Draht zu ihnen gefunden zu haben, rissen sie ihn wieder durch. Dann war es überhaupt nicht das, was sie sich vorgestellt hatten, und schon gar nicht das, was er sich vorgestellt hatte, und es hagelte Vorwürfe. Eine ordentliche, logische Diskussion hatte er mit denen einfach nicht führen können. Entscheiden wollten sie sich schon gar nicht. Mit den besten Absichten hatte er die größten Fehler und Dummheiten gemacht. Heute glaubte er aber nicht mehr, dass er alleine daran schuld gewesen war. Er hatte sie überhaupt nicht verstanden. Der Autor Cris Evatt hatte ein Buch mit dem Titel »Männer sind vom Mars, Frauen von der Venus« herausgebracht und darin geschrieben, da sie

179

sich Männer und Frauen verschiedener Sprachen bedienten, wäre eine Verständigung zwischen den beiden Geschlechtern unmöglich. Aber was kümmerte das ihn jetzt? Solche blöden Tussen glaubten wirklich, dass es die Männer antörnte, wenn sie sich bis zum Grotesken zierten. Spielchen spielen, das war das alles, was sie gut konnten. Den Mann bis zum Äußersten reizen und dann zum Spaß Nein sagen, das fanden sie unheimlich geil. Als Mann wusste man nicht mehr, ob das Nein, jetzt wirklich gemeint war, oder zum Spiel gehörte. Konnten sie sich nicht einfach so geben, wie sie waren, anstatt diese Maske auf zu setzen? Manou hatte keine Maske nötig, um interessant zu sein. Sogar zu der Zeit, als sie ihre sexuelle Zugehörigkeit noch versteckt hatte, war sie von einer entwaffnenden Offenheit gewesen. Er hatte sich eine ehrliche Bindung gewünscht und nicht eine übertriebene künstliche Aufführung, die mit kultureller Spiritualität leidlich untermauert wurde. Eine solche stressige Beziehung wollte er auf keinen Fall leben. Er hatte es nie verstanden, wieso viele Frauen so kompliziert taten und waren, deshalb hatte er sich eigentlich schon darauf eingerichtet, sein Leben als Single zu verbringen. Bis Manou in sein Leben getreten war, seine Partnerin fürs Leben, und er war entschlossen, sie nie mehr gehen zu lassen. Sie hatten sich beiden entschieden, ihr Glück zu leben. Die Zukunft würde sie weiser machen.

Verpflichtungen

Kaum waren sie in der Scheune angekommen, kam Caroline angerannt, gefolgt von ihrem Peter. »Wir haben alles im Fernseher gesehen. Wir freuen uns so für euch!« Sie war nicht zu bremsen.

Peter meinte nüchtern: »Komm, Caroline, lass die beiden erst mal in Ruhe heimkommen. Du störst jetzt nur. Entschuldigen Sie, Bryan, Manou. Sie saß schon den ganzen Nachmittag am Fenster, um euch ja nicht zu verpassen.«

Manou hatte nur auf Bryan geschaut. Der nickte.

Sie umarmte Caroline: »Ihr stört nie. Kommt erst mal herein. Wo ist übrigens Zoe?«

Peter lachte: »Ich glaube, Bruno hat sie eingesperrt, sonst wäre sie auch schon hier.« Ohne große Umschweife ging Caroline sie holen.

Tatsächlich hatte Bruno Zoe abgeraten, die beiden Ankömmlinge zu überfallen. Sie brauchten ja ihre Ruhe und Zeit für sich. Als die beiden Frauen zurückkamen, fielen sie Manou in die Arme. Alle drei weinten. Es war endlich überstanden.

Bruno stand daneben und schüttelte den Kopf. Zu Bryan sagte er: »Unsere drei Weiber, die Heulsusen!« Dabei wischte er sich eine Träne aus den Augen.

An diesem Abend wurde es nicht sehr spät. Manou und Bryan waren müde von der langen Reise und hatten sich viel zu erzählen und noch mehr nachzuholen. Es war jetzt das erste Mal, dass sie wieder zusammen in ihrem Bett schliefen.

Manou wollte es romantisch, beim Kerzenschein. Bryan half ihr dabei. Sie waren beide heillose Romantiker, hatten schon so oft und so romantisch die Zeit miteinander verbracht. Sie wusste, er konnte stundenlang kuscheln und streicheln, ohne sofort zum Sex zu kommen. Sie hatte es genossen, aber immer wieder bedauert, dass sie nicht intimer werden konnten. Doch das war jetzt vorbei. Diese ganzen Irrfahrten hatten sie noch fester zusammengeschweißt. Ohne ihn wollte und konnte sie nicht mehr leben, und ihm ging es genauso. Sie hatten beide einen weiten Weg zurückgelegt. Den Rest ihres Lebensweges würden sie gemeinsam gehen.

Manou lag noch lange wach und grübelte.

»Worüber denkst du nach?« Bryan war auch noch wach.

»Über mein Leben!«

»In der Vergangenheit liegen die Wegweiser, die Indikationen, aber die Lösungen liegen in der Zukunft. Es geht auch nicht darum, wie du bis jetzt gelebt hast, sondern was du daraus erlernt hast. Du brauchst nur zu verstehen. Das Ziel ist eigentlich zweitrangig, der Weg ist das Wichtigste. Welchen Wert hat ein Ziel, wenn der Weg dahin nicht der Rede wert war?«

»Glaubst du, dass ich das Richtige getan habe?«

»Im Prinzip kann man davon ausgehen, dass alle Entscheidungen, die wir treffen die richtigen sind, aber eigentlich ist es belanglos, ob es die richtigen sind. Es sind die unsrigen! Was jetzt deine Entscheidung zu deiner OP anbelangt, *glaube* ich nicht, dass es die richtige war, sondern bin überzeugt davon. Du wolltest mit mir eine komplette

Beziehung eingehen, und das ist dir gelungen. Ich liebe dich so sehr, dass mir unsere vorherige Beziehung genügt hätte, aber im Nachhinein, war deine Entscheidung doch die richtige.«

»Dieses Leben möchte ich mit dir gemeinsam leben, das nächste auch noch. Und wenn ich darüber nachdenke, möchte ich überhaupt kein Leben mehr ohne dich leben. Bryan David, ich bin dir dankbar für alles.«

Schon am anderen Morgen meldete sich Frau Welter, die Frau des Direktors. »Nun, Kindchen, hast du deinen Bryan wieder! Wir haben alle mitgezittert. Welch eine Geschichte! Wann habt ihr Zeit? Wir müssen uns unbedingt sehen und vieles besprechen.«

Manou musste sich eingestehen, dass natürlich jeder sie und Bryan jetzt kannte und ihr Verhältnis zueinander, bis auf ihr tiefes Geheimnis. Aber das störte sie wenig. Und obwohl auch die Gefahr jetzt größer war, dass jemand aus ihrer Vergangenheit auftauchte und ihr Geheimnis aufgedeckt wurde, störte sie das eigentlich nicht so sehr. Sollten sie nur kommen. Sie beide fühlten sich stark genug. Niemand würde sie mehr auseinanderbringen.

Vonseiten der ONG gab man sich äußerst zufrieden über die Popularität, die das Projekt erfahren hatte. Sponsoren und karitative Vereine hatten angefragt, ob Bryan sein Projekt vorstellen wolle, wie man helfen könne, welche Geldmittel er benötige. Auch die Direktion seines Gymnasiums zeigte sich äußerst zufrieden. Das Projekt hatte ja schließlich den Einsatz und das Engagement dieses Etablissements und seines Lehrpersonals öffentlich unterstrichen. Sogar vonseiten des Ministeriums waren Glückwünsche eingegangen. Selbstverständlich wollte man Näheres erfahren, Details kennenlernen, die Philosophie des Projektes und die Gestaltung der Zukunft in diesem Hochtal sowie über Folgeprojekte. Jedes Projekt, das auch nur im Entferntesten nach Entwicklungshilfe roch, wurde von allen Seiten wohlwollend unterstützt.

Bryan wurde für öffentliche Vorträge verpflichtet. Selbstverständlich war man auch an der Geschichte von Manou und ihm interessiert. Privat begann jetzt für die beiden jetzt eine ganz andere Zeit.

Sie konnten endlich die Tiefe ihrer Beziehung leben und voll auskosten. Manou hatte Bryan gesagt, sie trage die Kette, bis er ihr einen Ring schenkte. Welchen Ring sollte er auswählen? Es war verwunderlich, wie solche Nichtigkeiten auf einmal eine solch überdimensionale Bedeutung erlangten. Einen Ring auswählen ... Früher hätte der Mathematiker Bryan über solche Banalitäten gelacht. Er hatte nicht mal davon geträumt, dass ein solch einfaches Unterfangen sich so schwierig gestalten könne. Er hatte noch nie einer Frau einen Ring geschenkt. Billig sollte er nicht sein. In seinen Augen war Manou ja das wertvollste, das er besaß. Aber auch nicht zu protzig. Darauf stand Manou nicht, und das wusste er. Welches Design? Welcher Stein? Er hatte manchmal seine Kollegen belächelt, mit welch nichtigen Problemen sie sich herumschlugen und welche unscheinbaren Details manchmal zu einem unlösbaren Hindernis wurden. Manou und er waren sich zwar einig, dass ein

Ring eigentlich nur Nebensache war, aber trotzdem ... Am liebsten hätte er ihr den ganzen Schmuckladen gekauft.

Seltene Momente

Obschon Bryan noch immer unbezahlten Urlaub genoss, wurde er von allen Seiten zwecks Vorträgen verpflichtet. Die Tage waren oft stressig. Wenn Manou und er dann endlich abends allein waren, tanzten sie wieder, wie sie es schon so oft getan hatten. Sie stand auf ihren Zehenspitzen auf den nackten Füßen von Bryan, ihre Arme fest um seinen Hals geschlungen und ihren Körper fest an den seinen gepresst. Bryan hatte sie immer an der Taille festgehalten, und so konnten sie sich küssen und ihre Körper im Takt bewegen. Es hatte sie immer wieder berauscht, sie wäre am liebsten in Ohnmacht gefallen.

Heute trug sie einen kurzen Rock, und Bryan hatte einen Arm um ihre Taille gelegt, die andere an ihren Po, und er drückte sie so gänzlich gegen sich. Die Erfahrungen der letzten Tage hatten sie mutiger und selbstsicherer gemacht. Sie küssten sich leidenschaftlich. Ihre Körper bewegten sich im Takt. Manou presste ihren Unterleib fest gegen ihn. Sie bewegten sich komplett synchron. Ihre Bewegungen wurden immer berauschender. Sie waren schon weit über ihren Point *of no return* hinaus. Ihr Atem wurde schneller. Sie spürte, wie er den Reißverschluss ihres Kleides langsam öffnete. Sein Hemd hatte sie ihm schon abgestreift.

Sie flüsterte ihm ins Ohr: »Ich habe kein Höschen an!« Dann löste sie sich von ihm, und ihr Kleid glitt zu Boden. Sie nahm ihn bei der Hand und flüsterte: »Komm, unser Bett wartet!«

Sie machten ein paar Schritte Richtung Schlafgemach. Er hielt sie zurück. Bei der heißen Umarmung öffnete er den Clip ihres Büstenhalters. Sie streifte ihn ab. Sie war jetzt splitternackt. Bryan nahm sie hoch. Sie hatte ihre Arme hinter seinem Nacken verschränkt. Eng umschlungen erreichten sie das Schlafzimmer. Er legte sie behutsam aufs Bett. Seine restlichen Kleidungsstücke hatte er schnell abgestreift.

Sie flüsterte nur »Komm!« Das war die Art von Beischlaf, die sie berauschte, nackt und ohne Hemmungen. Manou hatte schon einige Relationen hinter sich und mit Sex so ihre Erfahrungen, aber das hier stellte alles in den Schatten. Das war beileibe kein billiger Unterhaltungssex mehr. Das ging viel weiter. Ihr fehlten die Worte, um es zu umschreiben. Sie verschmolzen immer mehr zusammen, immer mehr zu einer einzigen Identität. Hatte sie immer erahnt, was Bryan dachte, jetzt spürte sie es, nein, sie wusste es einfach.

Auch Bryan musste sich eingestehen, das war ein Zusammenleben, wie er es sich nicht im Entferntesten hätte erträumen lassen. Er hätte mit Manou auch ein Leben lang zusammenleben können ohne Sex. Aber dieses war kein Zusammenleben mehr. Es war viel mehr. Eine solche Begegnung geschieht nur einmal in deinem Leben. Manchmal ergriff sie die Initiative, überraschte ihn mit einem extra sexy Outfit oder begann mit ihm zu kuscheln und ihn zu streicheln. Manchmal weckte sie ihn auch nachts zärtlich, dann liebten sie sich intensiv im Halbschlaf. Er hätte nie genug von Manou bekommen können, und ihr ging es genauso. Früher hätte er das nie von einer Frau erwartet, da war es schier undenkbar gewesen, dass überhaupt so eine Beziehung möglich war. Manchmal schien es, als könnte sie gar nicht genug von ihm bekommen. Sie liebten sich dann bis fast zur totalen Erschöpfung. Es war einfach fantastisch.

Bryan dachte nach: Wieso klappte es so fantastisch mit Manou? Was war das Geheimnis ihrer Bindung? Als Mathematiker versuchte er, dieses Geheimnis zu ergründen, ihre Relation zu analysieren. Die Frauen, mit denen er vorher ein Verhältnis gehabt hatte, waren beileibe nicht so gewesen. Nach einem Quickie hatten sie schon mehr als genug. Oder sie lagen auf dem Rücken nach dem Motto: *Besorge es mir,* und er musste sich dann abrackern, um diesem leblosen Stück Fleisch etwas Leben einzuhauchen. Von Kommunikation, Interaktion oder zusammen schlafen, keine Spur. Danach eine Zigarette, um das Ganze abzuschließen. Aber was bitte abschließen? Es schien ein notgedrungenes Übel zu sein, eine Prozedur, die eine Frau über sich ergehen lassen musste. Empfanden sie denn nichts dabei? Und das, was er über Sex gehört und gelesen hatte, war komplett unvollständig und erreichte nicht im entferntesten die Tiefe, die er mit Manou erlebte.

Manou erging es genauso. Aber ihre vorigen Verhältnisse waren auch anderer Natur gewesen. Wieso verstanden sie sich eigentlich so gut? War es, weil sie eine XY-Frau war und eher primär deduktiv, wie ein Mann dachte und überlegte, nicht intuitiv, wie Frauen? Oder war es, weil Manou sich aktiv am Sex beteiligte und nicht leblos auf dem Rücken lag? Aber das könnten alle Frauen tun.

Wenn das die Lösung des Problems war, warum flogen die Männer dann nicht auf Transgender-Frauen? Fragen über Fragen. In Anbetracht der Fakten und dem, was er bis jetzt wusste, aus eigenen Erfahrungen und der einschlägigen Literatur, musste das Kapitel Sex neu beschrieben werden. War das, was sie nun erlebten, so außergewöhnlich? Oder wagte nur niemand darüber zu schreiben, um verschiedene Kleingeister nicht unnütz aufzuregen? Bryan hatte gelesen, dass manche Frauen ein Leben lang Sex hatten, ohne einen einzigen Orgasmus zu bekommen. Wie stellten sie das an, oder hielten es überhaupt aus? Manche Machos brüsteten sich damit, wie viele Frauen sie schon besessen hatten. Besessen? Vermutlich keine. Ihr Sex musste so miserabel sein, dass die Frauen danach schleunigst Reißaus nahmen und sie sich nach der nächsten Bekanntschaft umsehen mussten. Und damit brüsteten sie sich noch. In der Erotikliteratur jedenfalls, und er hatte sich eingehend, zwecks seiner vorherigen Bekanntschaften, mit ihr befasst, fand er nicht annähernd eine Beschreibung. Und dann diese Vorurteile gegenüber den Transfrauen. Wie sie in manchen Fernsehsendungen bloßgestellt und lächerlich gemacht wurden gegenüber den echten Frauen. Man sollte doch die Menschen so nehmen, wie sie sind. Überall machte man sich stark, um die Menschen als Individuen zu betrachten, nicht als Gruppe oder Zugehörigkeit. Die Theorie war immer schön, aber es war die Praxis, die die Menschen verriet, und das Bild, das die Menschheit in diesem Zusammenhang abgab, war niederschmetternd.

Afrika

Bryan musste wieder zurück nach Afrika. »Mein Auftrag geht noch über etwa sechs Monate. So lange wirst du warten müssen.«

Warten, nein, Manou hatte schon zu lange gewartet. Nein, sie wollte ihn nicht noch einmal verlieren. Ihr Entschluss stand fest: Sie würde mit ihm kommen.

Bryan war überrascht: Manou schien eine weitere Metamorphose durchgemacht zu haben. Er hatte sie in Erinnerung als eine Frau, die sich durchzusetzen wusste. Jetzt hatte sie vollends ihr Schicksal in die Hand genommen. Caroline und Zoe standen voll hinter ihr. Sie hatte so lange gewartet. Hatte Höhen und Tiefen ihrer Beziehung durchgemacht, viele schöne Stunden mit ihm verbracht, ihn verloren und wiedergefunden. Das neue Lebensgefühl, die neue Sexualität wollte sie voll auskosten. Nein, egal welche Gefahren nun auf sie zukommen würden, sie war gerüstet und selbstsicher.

Monsieur Hugo gewährte ihr unbegrenzten, unbezahlten Urlaub. Aber wenn sie wiederkam, wollte er sie sofort wieder einstellen. Natürlich musste sie ihn dauernd auf dem Laufenden halten, die Kunden fragten ja ständig nach ihr, und das war er schließlich diesen schuldig.

Sie hatte sich eine praktische Tropengarderobe zugelegt. Bryan hatte sie beraten und ihr gesagt, worauf sie unbedingt achten musste. Natürlich hatte sie ihm ihre Kleider vorgeführt. Er hatte nur den Kopf geschüttelt und gesagt: »Mädchen, du könntest einen Sattel tragen, und du würdest noch fabelhaft aussehen.« Alter Schmeichler!

Der Tag des Abflugs rückte immer näher. Caroline und Zoe halfen ihr, so gut sie konnten, versprachen, auf alles auf zu passen, aber Manou und Bryan mussten auch versprechen, regelmäßig von sich hören zu lassen, und wenn sie was brauchten: Kein Problem, Caroline und Zoe würden es schon beschaffen. Einen Teil des Gepäcks hatte Bryan schon vorgeschickt, sodass sie nur das Nötigste mit zu nehmen brauchte. Direktverbindung hatten sie von Paris nach Johannesburg. Es war trotzdem ein Zehn-Stunden-Flug und dann noch etwa sechs Stunden Autofahrt. Manou war sehr gespannt und diesmal voller guter Hoffnung mit Bryan an ihrer Seite und nicht nur mit einem Bild von ihm.

Hooker und Dleline warteten schon in Johannesburg auf sie. Natürlich waren alle neugierig, endlich diese Manou kennenzulernen. Kaum waren sie durch den Zoll, sahen sie schon die beiden mit großen Bewegungen auf sich aufmerksam machen.

Im Dorf war alles darangesetzt worden, die Sendung von Jacques Pradel mit zu verfolgen, sodass sie schon eine Ahnung hatten, wie Manou aussah. Aber zwischen einem Film und der Wirklichkeit liegen Welten. Das musste eine tolle und außergewöhnliche Frau sein, die das alles auf sich genommen hatte, um ihren Bryan wieder zu finden. Dass es sich bei Manou nicht um eine Standard-Suzi-Homeworker handelte, das hatte so ziemlich jeder begriffen, und weil der kühle Bryan Hals über Kopf nach Europa zurückgereist war, musste sie schon etwas Besonderes darstellen. Dass diese Frau in der Lage war, einiges zu bewerkstelligen und umzukrempeln, fühlte man instinktiv.

Die Begrüßung war herzlich. Manou kannte ja aus Bryans Schilderungen schon ein wenig aus dem Leben vom Hooker. Der schenkte ihr eine kleine, kunstvoll geflochtene Lederpeitsche. Zum Spaß, wie er meinte, um die Wilden hier auf Trab zu halten.

»Mister Hooker, dazu wird es nie kommen, aber ich werde die Peitsche gerne als Andenken an Sie behalten«, sagte Manou freundlich.

»Nicht Mister Hooker, einfach nur Hooker!«

»Danke, Mister *Einfach nur* Hooker. Und übrigens, das hier sind keine Wilden!«

»Ach Miss Manou, wenn Sie schon so lange in Afrika wären wie ich, würden Sie sich auch fragen, wo eigentlich die Wilden sind, hier oder in Europa!«

»Nicht *Miss Manou*, einfach nur Manou.«

»Ja, Miss *Einfach nur Manou*.«

»Hooker, wenn ihr mit euren Albereien fertig seid, dann kannst du mir ja beim Verstauen der Koffer helfen«, mischte Bryan sich ein.

»Yes, Mister Hunter, zu Befehl, Mister Hunter, gleich, Mister Hunter.« Bryan schüttelte den Kopf und fragt Dleline: »Was habt ihr dem heute ins Essen getan?«

Dleline entblößte bei seinem Grinsen zwei Reihen weißer Zähne. »Jetzt Manqaba Hunter wieder hier. Jetzt alles gut.«

Ach, dachte Manou, *Bryan braucht einfach nur aufzutauchen, und schon läuft alles wie geschmiert, jeder ist guter Laune und voller Zuversicht.* Unwill-kürlich musste sie an ihre erste Begegnung den-ken: Kaum war er da gewesen, hatte ihr Leben eine komplett andere Wendung genommen. Der Bryan, den sie jetzt kennenlernte, erinnerte sie eher an eine Mischung von Indiana Jones und Quatermain. Sie dachte, der Name Hunter passte voll und ganz zu ihm.

Sechs Stunden Autofahrt hatten sie noch vor sich. Das Erste, was ihr auffiel, war der Linksver-kehr. Das war schon etwas gewöhnungsbedürftig. Bryan hatte ihr erzählt, dass die Landschaft einzig-artig war. Die Bilder, die das Fernsehteam ge-schossen hatten, gaben schon einen Vorgeschmack auf das, was Manou jetzt im Realen betrachten konnte. Die Fauna und Flora der Savanne konnten einen schon fesseln. Der Weg kam ihr gar nicht so weit vor, da es so viel zu beobachten und zu entde-cken gab. Dleine wurde nicht müde ihr alles zu er-klären. Sie verstand kaum etwas von dem, was er sagte, aber das machte nichts.

Die Begrüßung im Dorf war überschwänglich. Als sie ins Hochtal einfuhren, sangen die Dorfbe-wohner extra bei ihrer Ankunft. Die südafrikani-sche Musik verkörperte alle Schönheiten, die die-ser Kontinent zu bieten hatte. Nach den traditio-nellen afrikanischen Religionen besaß jedes Le-ben, ja sogar die unbelebte Natur, eine Seele. Die Welt der Geister war eng mit der natürlichen Welt verbunden, und vor allem durch die Musik kom-munizierten diese Welten miteinander. Bei allen bedeutenden Ereignissen wurde gesungen, da die Geister nur die Musiksprache verstanden.

Die Ankunft von Manqaba war etwas Besonderes, speziell für Bryans Gefährtin. Mit ihren besonderen Gesängen schilderten die Bewohner den Geistern ihre Freude über das Ereignis.

Der Hunter

Bis jetzt hatte Manou Bryan, den verständnisvollen, kühl berechnenden Mathematiker kennengelernt, den kleinbürgerlichen Professor, der sich in das ganz normale Leben einer Kleinstadt einzuordnen schien. Das Bild, das sie von ihm in den nächsten Tagen bekam, war ein komplett anderes. Jetzt lernte sie den Hunter kennen. Er war wie die Natur, frei, wild, hemmungslos. Im Rudel des Dorfes war er das Alpha-Tier.

Auch Manou verspürte die Verzauberung. Sie war ihr ganzes Leben die Leidtragende gewesen, hatte nie in ein Schema gepasst, immer am Rande der Gesellschaft. Sie war nur rumgeschubst und ausgenutzt worden. Hier ging es nicht darum, sich einzuordnen. Hier nahm sie ihr Schicksal selbst in die Hand. Sie fühlte die unbändige Freiheit und Macht der Wildnis. Es war eine ganz andere Manou, die jetzt zum Vorschein kam: wild, frei, selbstsicher. Es war, als wäre sie in ihren Urzustand zurückgekehrt. Sie fühlte sich wie ein freies Tier, auf der Jagd, frei und ohne Zwang, ein Gefühl uneingeschränkter Freiheit. Dieses Gefühl wirkte sich auch auf ihre sexuelle Beziehung aus. Bryan war noch immer einfühlsam und wusste genau, was sie wollte, aber ihre Beziehung war um eine wilde, heiße, hingebungsvolle Dimension erweitert worden. Ihr Sex wurde heftiger, intensiver. Sie kam sich manchmal vor wie eine Raubkatze. In ihrer Lust hatte sie Bryan in die Schulter gebissen. Sie liebte es auch, ihm ihren Hals darzubieten, sodass er sie leicht, wie ein Vampir, seine Zähne fühlen ließ. Diese wilde Seite hatte sie bei Bryan noch nie festgestellt, aber sie gefiel ihr unheimlich. Sie hatte gedacht, sie würde auf große, muskulöse, brutale Typen stehen. Mit aller Deutlichkeit sah sie es jetzt: Es war nicht die Brutalität, sondern die Wildnis, die sie angezogen hatte, dieser Nimbus einer Raubkatze. Ihre Körper verschmolzen immer mehr zu einer Einheit, Manou blühte richtig in diesem neuen Zustand auf.

Entwicklungshilfe

Entwicklungshilfe gilt als das gemeinsame Bemühen von Industrie- und Entwicklungsländern, weltweite Unterschiede in der sozioökonomischen Entwicklung und in den allgemeinen Lebensbedingungen dauerhaft und nachhaltig abzubauen. Schöne Worte, aber in manchen Situationen völlig bedeutungslos und nicht im Entferntesten den Gegebenheiten angepasst. Eine schöne Umschreibung, die uns einen Freibrief gibt, um die Wertvorstellungen, Traditionen und ökonomischen Regeln, der »reichen« Industrieländer allen anderen aufzuzwingen. Man könnte so viel von den sogenannten unterentwickelten Ländern lernen, würden wir nur ein bisschen von unserer Arroganz zu Hause lassen. Die Natur hat für alles Lösungen, und oftmals, wenn uns die Probleme bewusst werden, hat die Natur diese Lösungen schon parat. Glücklicherweise braucht sie dafür keinen politisch-ökologischen Aktionsplan, der bei der Kurzsichtigkeit manch grüner Politiker voll in die Hosen gehen würde. Was manchen Politikern überhaupt nicht bewusst ist und was sie sich nicht im Entferntesten erträumen lassen: Die Natur tut noch immer das, was sie will, und sie lässt sich nicht ins Handwerk pfuschen.

Bryan hatte Manou sofort zu verstehen gegeben: Vergiss alles, was du bis jetzt über Entwicklungshilfe oder Zusammenarbeit gelesen hast. Als Erstes musst du auf die Natur und auf die Menschen hören, dann finden sich meistens die Lösungen von selbst.«

Kaum waren ihre anfänglichen Ängste verflogen, umringten die Frauen Manou. Jede wollte sie wenigstens berühren. Bryan und der Hooker versuchten zu übersetzen. Cebile, die Frau des Chefs, konnte einige Worte Englisch und versuchte so gut wie möglich eine Verständigung aufzubauen. Alles an Manou schien speziell: ihre Hautfarbe, ihre Haut, ihr Haar, ihre Kleidung, ihre Augen, einfach alles.

Nach und nach, im Laufe der nächsten Tage, stellte sich eine herzliche Kommunikation ein. Manou war gelernte Frisörin. Natürlich war sie hochinteressiert an den Haartrachten der Frauen. Das Flechten dieser kleinen Strähnchen oder die perlenbestickten Wuschelköpfe, die verschiedenen traditionellen Kopfschmucke der Ndebele, der Zulu oder der Xhosa. Auch erlernte sie schnell die Fertigung der kunstvoll gestickten Armbänder und Halsketten. Die Frauen natürlich waren hellauf begeistert, ihr alles zeigen zu können. Mit ihrer unkomplizierten Art fand Manou schnell Anschluss bei den Frauen aus dem Dorf. Anfangs hatten sie noch dieser unternehmungslustigen Weißen, die zudem noch sagte, was sie dachte, skeptisch gegenübergestanden. Aber Manou schien Lösungen für alle Probleme zu haben.

Obschon sich manche Frauen für Entwicklungshilfe eingesetzt hatten, war diese Domäne doch noch vielfach Männersache. Den Frauenkonditionen wurde weniger Beachtung geschenkt. Die Primärziele der Entwicklungshilfe waren eher auf die allgemeine Nahrungsversorgung, Erntebeschaffung, Anbau von Nahrungsmitteln und ausreichender Versorgung mit Proteinen ausgerichtet. Da aber in diesen Ländern Haus- und Feldarbeit von den Frauen bewerkstelligt wurde, gab es in diesem Bereich sehr wenig Fortschritte. Gekocht wurde noch immer auf der offenen Feuerstelle, Mais und Maniok in Mörsern zerstampft, das Wasser in Krügen herbeigeschafft und die Felder mit primitiven Hackwerkzeugen bearbeitet.

Manou hatte die Mühseligkeit und das Abrackern bei diesen Arbeiten beobachtet. Das konnte man doch viel einfacher bewerkstelligen. Einige einfache Werkzeuge mussten her. Sie hatte kurz darauf Caroline kontaktiert und ihr gesagt: »Ich brauche eine Körner- und eine Handölmühle und außerdem einen Fleischwolf.«

Nach einer Woche kann Dleline mit dem Paket angerannt. Die afrikanischen Frauen merkten sehr schnell, dass diese Behelfsmittel die Arbeit ungemein erleichterten und ihre Produktion enorm steigerten. Die Männer staunten nicht schlecht. Daran hatten nicht einmal Bryan und Ron gedacht. Was den Gemüseanbau anging, konnte sie auch hier ansetzen. Ihr Praktikum im Supermarkt war Gold wert. Die Möglichkeiten waren vielfältig: Tomaten, Zwiebeln, Kohlrabi, Kürbis. Auch Kartoffeln wurden angebaut. Fleisch spielte in der afrikanischen Küche eine untergeordnete Rolle, aber mit den Frauen konnte sie die Kleintierzucht intensivieren. Das Gras war durch die Bewässerung saftig und eignete sich gut zur Kaninchenzucht. Dazu kam noch die Hühnerzucht. Der Fleischwolf ermöglichte ihr, das Fleisch weiterzuverwerten. Auch Braten und Frittieren lehrte sie die afrikanischen Frauen. Große Blechstücke dienten am Anfang als Pfannen. Ron Hooker trudelte am Abend gewöhnlich vor den anderen ein, um zu inspizieren, was es zu essen gab. Manou hatte das Fleisch zerkleinert, zu Klößen geknetet und gebraten. Hooker war außer sich: »Heute gibt es Hamburger«, frohlockte er. Auch standen manchmal Bratkartoffeln auf dem Menü.

Die einheimische Bevölkerung war einer Erweiterung ihrer üblichen Menüs nicht abgeneigt. Sie konnte diesen Frauen so viel beibringen, und diese waren sehr lernbegierig.

Eines Tages überraschte Manou Anele. Manou hatte ihre Wäsche zum Trocknen aufgehängt. Natürlich hatte sie ihre Unterwäsche in der Hütte aufgehängt. Keine Frau stellte öffentlich ihre Unterwäsche zur Schau. Anele war hereingekommen und hatte sie nicht bemerkt. Manou sah, wie verklärt sie ihre Unterwäsche anschaute, die Höschen, die Büstenhalter. Sie dachte: *Gibt es denn so was, die haben wahrscheinlich noch keine westeuropäische Frauenunterwäsche zu Gesicht bekommen.* Anele streichelte einen der Büstenhalter, um die Spitzen und den weichen Stoff zu spüren. Sie hatte noch nicht bemerkt, dass Manou hinter ihr stand.

»Gefällt es dir?«

Erschrocken drehte sie sich um und lief schnell hinaus. Auch hier konnte Manou ansetzen, diesen Frauen die angenehmen Seiten der Zivilisation zu vermitteln. Am Abend rief sie über Satellitentelefon ihre Freundinnen Caroline und Zoe an. Dies beiden freuten sich immer wieder, wenn sie was von ihr hörten. Sie erklärte kurz, was sich zugetragen hatte.

»Wie können wir dir helfen?«

»Schickt mir alles an Frauenunterwäsche, was ihr auftreiben könnt. Alle Größen, getragen oder nicht, einfach alles.«

Sie versprachen, alles zu versuchen.

Zwei Wochen nach diesem Vorfall brachte Dleline aus Bloemfontein ein großes Paket, adressiert an Manou Foster und postlagernd in Maseru abgegeben. Manou war gespannt. Bryan und der Hooker auch.

»Was haben deine Freundinnen dir da geschickt?«

»Das geht euch nichts an!« Wenn sie so geheimnisvoll tat, waren die Männer natürlich höchst interessiert. Als sie die vielen Büstenhalter und Höschen sahen, schlug Bryan seine Hände auf dem Kopf zusammen: »Mein Gott, willst du jetzt eine Lingerie-Boutique aufmachen?«

»Nein«, erwiderte sie schlagfertig, »das ist für die Frauen. Ich werde alles verteilen. Ich zeige ihnen jetzt, welche Unterwäsche eine europäische Frau trägt, und sie können dann wählen.«

»Ich weiß schon, wie die Wahl ausgehen wird!«, sagte Bryan. Das roch ja förmlich nach Problemen. »Du wirst ein höllisches Durcheinander ausrichten.«

»Das ist Frauensache. Dabei habt ihr Männer nichts verloren.«

»Ich weiß nicht«, meinte auch Hooker bekümmert, »was ihre Männer dazu sagen werden.«

Es ging viel besser über die Bühne, als angenommen. Die Männer schienen eher erfreut über das neue Aussehen ihrer Frauen.

Hooke und Mooke

Dleline hatte einen Narren an Manou gefressen. Was sie ihm auftrug, wurde herangeschleppt, und wenn Manou etwas sagte, bedeutete das für Dleline: Sofort! Er hatte als Geschenk für Manou zwei kleine Geparden mitgebracht. Die Dorfbewohner aus der Ebene hatten sie gefunden. Ihre Mutter war verschwunden, wahrscheinlich von Wilderern erlegt worden.

Bryan schlug die Hände über dem Kopf zusammen: »Um Himmels willen, was willst du mit diesen beiden Raubkatzen anfangen?«

Manou sah es aber gar nicht von dieser Seite. Sie hatte eine Schwäche für Katzen, und diese Großkatzen hatten es ihr besonders angetan. Sie nahm sie an sich. Anfangs fauchten und spuckten sie. Es war herrlich zu sehen, wie sie sich aufbliesen und ihre Nackenhaare sträubten, um möglichst gefährlich auszusehen. Schon halb verhungert nuckelten sie sofort an der Flasche, die Manou ihnen zubereitet hatte. Nach zwei Tagen wichen sie ihr nicht mehr von der Seite, und überall, wo sie hinging, waren die beiden hinter ihr.

Mooke und Hooke, wie sie sie nannte, hatten nur Dummheiten im Kopf. Bryan hatte eine Decke besorgt, auf der sie schlafen konnten. Die beiden sahen das aber nicht so und wollten natürlich bei ihrer *Mummi* sein. Sie begannen so erbärmlich zu jaulen, dass Manou es nicht übers Herz brachte, sie nicht auf ihrem Bett schlafen zu lassen. Missmutig hatte Bryan gemeint: »Ich weiß, wie das ausartet. Wenn die groß sind, dann werden ich aus dem Bett geschmissen, während sie bei dir schlafen.«

»Nein«, antwortete Manou, »dann beschaffen wir eben ein größeres Bett.«

Bryan musste höllisch auf seine Stiefel und Kleider aufpassen, weil sie schnell zu den Lieblingsspielzeugen der beiden gehörten. Er hielt in Händen, was einmal sein Schuhwerk gewesen war. Obschon er nicht erfreut über den angerichteten Schaden war, konnte er den beiden nicht böse sein. Er hob trotzdem den Finger und schalt sie: »Jetzt bin ich aber echt sauer!« Schuldbewusst duckten sich die beiden, aber bald schauten sie wieder unschuldig in alle Richtungen.

»Wieso lässt du auch deine Sachen überall herumliegen?«, verteidigte Manou ihre Lieblinge.

»Jetzt ist es auch noch meine Schuld, dass deine eifersüchtigen Miezen mir die Schuhe zerfranst haben?« Aber er wusste, die beiden würden es mit jedem Gegner aufnehmen, um ihre Mummi zu verteidigen. Abends hängte er jetzt seine Stiefel hoch. Seine anderen Schuhe hatte er schon an einen sicheren Ort verfrachtet.

Anfangs, wenn der Hunter seine Manou umarmte, fauchten sie gefährlich. Sie war ja schließlich ihre Mutter, und die wollten sie mit niemandem teilen. Langsam gewöhnten sie sich aber daran, dass sie Manou mit Bryan teilen mussten. Trotzdem gab es immer wieder Rangordnungsprobleme. Mooke hatte sich am Abend neben Manou auf die Luftmatratze gelegt, dort, wo sonst Bryan lag. Der verjagte ihn. Sollte er doch gefälligst auf seiner Decke oder der anderen Seite des Bettes schlafen. Der Gepard sah das anders und biss in die Luftmatratze. Als die Luft mit einem Zischen herausströmte, nahm er sofort Reißaus und verschwand auf seine Decke. Da war es schon zu spät. Eine solche Behandlung hielt die Luftmatratze natürlich nicht aus. Manou musste lachen. Heute würden sie nicht so weich schlafen. Auch Bryan lachte. Diese dämlichen Biester, aber irgendwie war er ihnen nicht böse.

Manou war auch manchmal wütend auf sie, wenn sie mit den Hühnern spielten und diese das nicht überlebten. Aber sonst ließ sie auf ihre Miezen nichts kommen. Hatten sie was verbrochen, flüchteten sie aufs Dach der Hütte. Sie hatten schnell herausgefunden, dass ihnen dahin niemand folgte und sie halbwegs sicher vor der Schelte von Bryan oder dem Hooker waren. Als sie noch klein waren, stellte das natürlich kein Problem dar, das Dach trug sie, aber dank der Pflege von Manou wuchsen sie schnell zu kräftigen Halbstarken heran und wurden schwer. Die Balken knisterten manchmal verdächtig unter ihrem Gewicht. Bryan warnte, lange halte das Dach ihr Gewicht nicht mehr aus. Dann geschah das Unvermeidliche. Mooke hatte wieder mit den Hühnern gespielt und war anschließend aufs Dach geklettert. Als Hooke auch aufs Dach sprang brach es ein, und in der Hütte ging so manches zu Bruch. Natürlich verteidigte Manou ihre Miezen, die sofort Zuflucht bei ihr gesucht hatten. Die Armen hatten sich ja so erschreckt. Bryan war nicht wütend. Er hatte es kommen sehen, es war nur eine Frage der Zeit gewesen. Ein paar Tage brauchten die Männer im Dorf, um das Dach wieder auszubessern. Aber bei den mangelnden Niederschlägen in dieser Region lief man wenig Gefahr, nass zu werden.

Mama Manou

Es war ein herrlicher afrikanischer Sommertag. Manou hörte Schreie. Sofort trat sie aus der Hütte. Anele kam angelaufen und schrie. Hinter ihr ein Jeep mit einigen Weißen. Einer war aus dem fahrenden Fahrzeug gesprungen, packte Anele von hinten, wollte sie zurückreißen und auf den Boden werfen. Schon war Manou zur Stelle und zog dem Fremden die kleine Peitsche, die der Hooker ihr geschenkt hatte, quer übers Gesicht. Sie hinterließ dort eine rote Spur.

Der Fremde sah sie entsetzt an. Schon eine Weiße hier anzutreffen, dazu noch im Wildhüter-Look, war das Letzte, was sie erwartet hatten. Sie hatten geglaubt, nur einige schwarze Frauen hier vorzufinden, mit denen sie ein leichtes Spiel hätten.

»Verlassen Sie sofort das Tal!« Der gefährliche Unterton in Manous Stimme ließ ihn zurückschrecken. Die beiden Geparden waren sofort neben ihr in Stellung gegangen und fauchten den Fremden gefährlich an.

»Halten Sie gefälligst Ihre Bestien zurück!«

Manou zeigte mit dem linken Zeigefinger auf den Boden. In der rechten Hand hielt sie nach wie vor ihre Peitsche. Die Cheetahs verstanden sofort. Sie legten sich hin, sträubten die Nackenhaare, fauchten gefährlich und ließen den Fremden nicht aus den Augen. Manou kannte diese Art von Typen, im Grunde waren es Feiglinge, die sich nur im Rudel stark fühlten. Stießen sie dann auf Widerstand, gaben sie klein bei und zogen den Schwanz ein. Die anderen Frauen hatten Steine aufgehoben, um Manou nötigenfalls zu Hilfe zu kommen.

»Ich habe meine Bestien nicht nötig. Wenn Sie nicht sofort verschwinden, rufe ich die Männer!«

»Wir haben Gewehre!«

»Wie viele können Sie denn erledigen? Drei, sechs oder vielleicht auch zehn? Die Restlichen haben Sie dann am Wickel!«

Vom Jeep aus rief einer der anderen, die die ganze Unterhaltung mitbekommen hatten: »Komm zurück, diese Wilden sind es nicht wert, dass wir wegen ihnen in den Knast wandern!«

»In den Knast?«, lachte Manou. »Das glauben Sie doch selbst nicht. Die werden Sie in Stücke reißen, verwursten und heute Abend als Beilage servieren. Haben Sie schon vergessen? Das sind *Wilde*, und die mögen den Geschmack von Menschenfleisch.«

Man sah das Entsetzen in den Augen des Angreifers. Er lief zum Jeep zurück, der Fahrer wendete und sie verließen schleunigst das Tal.

Anele war untröstlich. Ihr schöner Büstenhalter war hin.

Am Abend, als die Männer zurück waren, hörten sie mit Erstaunen, was sich zugetragen hatte. Anele begann zu weinen, Bafana, ihr Mann, weinte ebenfalls. Was war denn jetzt kaputt?

Bryan sparte nicht mit Vorwürfen: Diese weißen Wilderer waren extrem gefährlich.

»Das war gefährlich? Nicht der Rede wert. Das sind doch nur Feiglinge, die bei der leisesten Gefahr Reißaus nehmen. Also wirklich!« Manou schüttelte den Kopf. »Aber was ist mit Anele los?«, wollte sie wissen.

Bryan klärte sie auf: »Hier hat praktisch jede Dorfgemeinschaft ihre eigenen Sitten. Da der Mann für die Frau bezahlt, ist sie sein Eigentum und hat somit kein Stimmrecht. In den Stammessitten bilden die Rassentrennung und die Unzuchtsahndung ein fürchterliches Durcheinander, das praktisch von jedem Stamm anders ausgelegt wird. Hier in unserem Dorf wird der Dorfälteste jetzt eine Entscheidung treffen. Hat der Fremde Anele berührt, wird sie ausgestoßen, und in die Wüste geschickt.«

Der Dorfälteste ließ sich Aneles BH zeigen, und sie redeten dann wild durcheinander.

Bryan meinte »Hm, es sieht schlecht aus.« Manou fragte: »Und die anderen Frauen, die alles mit angesehen haben?«

»Die haben kein Mitspracherecht.«

»Und Aneles Mann?«

»Er muss das Urteil abwarten!«

Welche Ungerechtigkeit. Die Männer ließen die Frauen ohne Schutz zurück, und wenn etwas passierte, bekamen diese auch noch die Schuld. Sie fand, dass es höchste Zeit war, diesem machomäßigen Patriarchat ein Ende zu setzen. Sie trat vor, zeigte auf den BH und sagte: »Er ist zerrissen, aber das Höschen«, sie zeigte auf das Becken von Anele, »ist in Ordnung! Der Fremde hat sie nicht angefasst!« Das war noch nie passiert, dass eine Frau öffentlich das Wort ergriff. Manou hatte mit allen Stammessitten gebrochen, und Bryan schlug die Hände über dem Kopf zusammen. Sichtlich ratlos schaute Duma, der Dorfälteste, sich um. Alle anderen waren versteinert.

Die hatten wohl nichts verstanden oder waren schwer von Begriff. Manou wiederholte es noch einmal klar und deutlich: »Ihr BH ist zerrissen, aber ihr Höschen ist in Ordnung. Der Fremde hat sie NICHT angefasst!«

Duma schien der Cleverste von dieser ganzen Bande zu sein. Cebile, seine Frau, kam Manou zu Hilfe. Sie redeten angeregt miteinander. Sie zeigt auf ihren BH, auf ihre Hüften, dann wieder auf ihre Hüften. Er redete mit seinen engsten Beratern. Diese nickten eifrig. Dann verkündete er feierlich, sie würden das Problem noch einmal begutachten. Er ging in seine Hütte, gefolgt von seiner Frau und seinen engsten Beratern. Wenig später wurde A- nele gerufen. Nach einiger Zeit kam sie wieder her- aus, die Augen gesenkt, und setzte sich wortlos.

Manou wollte zu ihr, um zu fragen, was passiert war. Bryan hielt sie am Arm fest und sagte: »Nein, du darfst nicht zu ihr, bis die Ältesten entschieden haben.«

Na ja, dachte sie, *eine Gesetzesübertretung ge- nügt für heute.* Sollten sie sich gegen Anele ent- scheiden, dann würde ihr schon was einfallen. Das arme Mädchen hatte sich schließlich nichts zu- schulden kommen lassen.

Es dauerte noch eine Weile, dann kamen auch die anderen wieder aus der Hütte. Der Älteste ge- folgt von seiner Frau und den Beratern.

Bryan pfiff durch die Zähne: »Es ist etwas pas- siert. Normalerweise kommen die Berater vor der Frau raus. Du scheinst ihre soziale Stellung erheb- lich durcheinandergewirbelt zu haben.«

»Es wurde auch so langsam Zeit.«

Feierlich schritt Duma zur Verkündung, seine Frau stand jetzt hinter ihm, seine Berater Gania und Gwili neben ihm.

Bryan übersetzte: »Nach der Anhörung der Zeugen und Analyse der Fakten und ... ist der Rat der Ältesten zu dem Entschluss gekommen, dass Anele von dem Fremden nicht angefasst wurde und somit im Stamm verbleibt.«

Bafan weinte. Er konnte seine geliebte Anele wieder in seine Arme schließen.

Der Hooker grinste Bryan an: »Das ist 1 zu 0 für die Weiber.«

»Du hast gut reden. Wir sind haarscharf an einem Super-GAU vorbeigeschliddert.«

Zu Manou gewandt meinte Hook: »Du bist ein großes Risiko eingegangen!«

»Wenn ich kein Risiko mehr eingehe, dann werde ich im Supermarkt, Strümpfe verkaufen.«

»So kann man es auch betrachten. Jedenfalls hat die Peitsche ihren Zweck erfüllt.«

»Danke Hooker.« Manou drehte sich zu Bryan: »Es wurde auch Zeit, dass das alles vorbei ist.«

»Manou, das sind Jahrhunderte alte Traditionen ...«

Schelmisch schaute sie ihn an: »Nein, das Palaver hier, ich habe nämlich Hunger!«

Beim Essen saß Cebile hinter ihrem Mann und nicht mehr abseits bei den anderen Frauen. Auch Elethu und Esoza, die Frauen seiner beiden engsten Berater, saßen hinter ihren Männern und unterhielten sich eifrig untereinander. Ein Meilenstein in der Emanzipation der afrikanischen Frau. Anele wich keinen Augenblick von Manous Seite. Die ganze Zeit saß sie zu ihren Füßen. Sie wollte alles für sie tun. Las ihr jeden Wunsch von den Augen ab.

Zum Abschied sagte sie: »Siyabonga kakhulu nga impilo yami, bomama Manou«, was so viel hieß wie: »Danke vielmals für mein Leben, Mama Manou.«

Bryn lachte: »Jetzt bist du bomama Manou.«

Endlich allein! Manou hatte sich schon hingelegt. »Was bedeutet das eigentlich *in die Wüste schicken*?«

»Echt in die Wüste schicken. Die Frau geht dann in die Wüste. Sie hat keine Überlebenschance. Geht ihr Mann mit ihr, werden beide ausgestoßen. Sie sterben dann alle beide, jedenfalls werden sie nirgendwo mehr aufgenommen.« Bryan legte sich zu ihr. Ihre nackten Körper berührten sich. Manou küsste ihn innig.

Sie versuchte, in der Dunkelheit seine Augen auszumachen, und fuhr fort: »Ich kann mich an eine Situation erinnern vor vier Jahren, da hat ein gewisser Bryan David erfahren, dass seine Partnerin Manou Foster ein Transvestit, oder wie man sich modern ausdrückt, ein Transgender Prä-OP und keine Frau war. Er hat ihr trotzdem eine Chance gegeben und sie nicht in die Wüste geschickt.«

»Und er hat es keinen Moment seines Lebens bereut!«

Sie küssten sich wieder innig, aber sie schliefen noch lange nicht. Die Nächte waren heiß in Afrika.

Zurück in Europa

Viel zu schnell verstrich die Zeit. Sie hätten noch so viel zu tun gehabt, aber Bryans Kontrakt und damit seine angeforderte Auszeit neigten sich unweigerlich dem Ende zu. Ein Jahr lang mussten sie wenigstens in die Zivilisation zurückkehren. Sie mussten wieder ihr zweites Leben spielen, ihre biederen Masken der europäischen Mittelmäßigkeit tragen. Eigentlich ein Witz, dachte Manou. Hier hatten sie ein ganz anderes, rasantes Leben geführt.

In ihrem Heimatdorf und im Gymnasium wartete man sehsüchtig auf die Rückkehr der beiden. Manou war untröstlich. Sie musste nicht nur gute Freundinnen zurücklassen, sondern auch ihre Lieblingsmiezen. Diese konnte sie unmöglich mit nach Europa nehmen. Aber alles, was sie bis jetzt erreicht hatten, würde Bestand haben in ihrem Hochtal. Es war ja auch kein endgültiger Abschied. Es war kein Adieu, sondern ein auf Wiedersehen in absehbarer Zeit. Hatte Afrika einen einmal gepackt, ließ es nicht mehr los. Immer wieder lockte der heiße Kontinent und man verfiel in Sehnsucht.

Manou erging es nicht besser. Sie nahmen Abschied von ihren Freunden, deren Gesang sie begleitete, als sie das Hochtal verließen. Darin schwang eine gewisse Wehmut und Sehnsucht mit. Dleline und Ron fuhren sie die weite Strecke bis nach Johannesburg und verabschiedeten sich herzlich von den beiden. Manou hatte Tränen in den Augen.

Nur beiläufig bemerkte Hooker: »Ich kenne das. Du wirst wiederkommen – und zwar schon bald.«

»Ich vermisse Mooke und Hooke schon jetzt.«

Die beiden Geparden hatte sie Anele und Zula anvertraut. Sie wusste, sie würden alles für diese beiden Tiere tun. Der Hooker versprach noch, selbst ein Auge auf die Wildkatzen zu haben, damit ihnen ja nichts passierte.

»In einem Jahr sind wir wieder da«, hatte Bryan versprochen. »Im Sommer habe ich zwei Monate Ferien. Die werden wir hier verbringen.«

Als die Maschine nach einem Zehn-Stunden-Flug in Shiphol Amsterdam landete, warteten Caroline und Zoe schon. Sie hatten es sich nicht nehmen lassen, die beiden mit Peters Van am Flughafen abzuholen. Sechs Monate hatten sie Bryan und Manou nicht gesehen, und das war mehr, als sie ertragen konnten. Sie hatten oft miteinander telefoniert und sie tatkräftig unterstützt, alles geschickt, was Manou brauchte, und jetzt wollten sie hören, was die beiden zu berichten hatten. Sie konnten nicht genug davon bekommen. Besonders Caroline wurde nicht müde, immer wieder Details zu hinterfragen.

Im September nahm Bryan seinen Professorenjob wieder auf, sehr zum Leidwesen von manchen seiner Kollegen. Aber diese kleinen Sticheleien ließen Bryan kalt. Man wusste ja, aus welcher Ecke die Hinterhältigkeiten stammten. Seine Studenten fragten Bryan immer wieder nach Südafrika, sodass er zusätzlich zu seinen Kursen, noch einige Informationsseminare hielt, die sehr stark besucht waren. Er schilderte die Umgegend des Hochtals, die Drakensberge, sprach über die Kalahari, die Etoschapfanne und den Okawango, ein Fluss, der nicht bis zum Meer fließt, sondern in den Weiten der Kalahari versickert.

Den Erlös des Weihnachtsmarktes, für einen guten Zweck bestimmt, händigte die Direktion ihm aus, um seine Projekte in Südafrika zu unterstützen. Bryan hielt noch weitere Informationsseminare. Auch Manou war bei diesen Versammlungen ein gern gesehener Gast, wenn sie die Rolle der Frau in dieser Gesellschaft beschrieb und was sie in sechs Monaten hatte bewerkstelligen können. Das Film- und Fotomaterial, das sie zu diesen Gelegenheiten zeigen konnten, war enorm und aufschlussreich, die Fotos mit den beiden Geparden waren besonders beliebt, und jedes Mal endeten die Vorstellungen mit der Frage: »Wann geht ihr wieder dorthin?«

Bryan hatte im Sommer immer zwei Monte Ferien, aber Herr Bruno erklärte sich sofort bereit, Manou auch beide Monate Urlaub zu geben.

Wenn sie abends beisammen waren, diskutierten Bruno, Peter mit Bryan über dessen Pläne. Er hatte noch viel im Hochtal vor. Manchmal schüttelten die beiden Freunde die Köpfe: »Wieso machst du das so kompliziert. Es geht doch viel einfacher wenn du ...« Und dann folgten Erklärungen, die Bryan überraschten. Er fand, dass doch nichts über Spezialisten ging. Für manche vermeintlich unlösbaren Probleme hatten sie ganz einfache Lösungen parat, und Unmögliches wurde mittels weniger Handgriffe möglich.

Peter regte sich über die primitiven Instrumente und Behelfsmittel der Dorfbewohner auf. »Ich könnte euch viel handlicherer Geräte drechseln.«

Bryan hatte schon ein ganzes Heft voller Notizen. Immer, wenn einer der beiden mit den Worten »Wieso macht ihr es euch so kompliziert, es geht doch viel einfacher so und so« begann, holte Bryan ein Heft hervor und schrieb alles auf.

Der nächste Sommer kam unaufhaltsam näher, und mit ihm die Vorbereitungen für Afrika.

»Ihr müsst uns wieder verlassen für zwei Monate«, stellte Caroline fest und weinte.

»Wieso kommt ihr nicht einfach mit?«, fragte Manou unbekümmert.

Ihren beiden Freundinnen blieb vor Erstaunen der Mund offenstehen.

»Ja, wieso eigentlich nicht?«, sagte Caroline nach einer Weile.

Manou hatte die besten Ideen.

Auch Bryan fand die Idee grandios. Dann hätten sie die Spezialisten an Ort und Stelle. Die drei Frauen würden die Frauenriege im Dorf gehörig aufmischen. Mit Cebile, Elethu und Esoza hatten sie ja schon drei Verbündete dort.

Bruno machte sowieso im Sommer einen Monat gewerkschaftlichen Urlaub, mit seinem Chef konnte er sich einigen, und da er auch an den Samstagen arbeitete, schrieb sein Vorgesetzter ihm die Zeit zugute, sodass er auch über zwei Monate verfügte. Auch Peter hatte auf seiner Arbeit ein Arrangement gefunden, das ihm ermöglichte, über zwei Monte freizubekommen. Das ließ sich leicht bewerkstelligen, da während der Monate Juli und August die Betriebe sowieso auf Sparflamme liefen.

Manou und Bryan teilten dem Hooker mit, dass ihre Freunde sie dieses Mal begleiten würden. Freudig setzte dieser natürlich sofort Duma in Kenntnis, und so wurde ein Willkommensfest für alle vorbereitet.

Es war zwar das erste Mal, dass ihre Freunde so eine weite Reise unternahmen, aber in Begleitung von Manou und Bryan und mit allen, die sie erwarteten, würde es ein Klacks werden. Bei dem Gedanken an den langen Flug, der vor ihnen lag, wurde es ihnen zwar mulmig, aber Bryan lachte nur und sagte: »Das ist wie in einem großen Bus, die Zeit geht schneller vorüber, als ihr denkt. Das ist überhaupt kein Problem.«

Na, wenn Bryan das sagte, dann musste es stimmen.

Der Tag der Abreise rückte unaufhaltsam näher. Alle hatten sich Tropenkleidung zugelegt. Einen Teil des Gepäcks hatten sie schon vorausgeschickt, sodass ihre Koffer leicht ausfielen. Ausgerüstet mit vielen guten Ratschlägen von Freunden und Bekannten traten sie die Reise an.

Der Missionar

Sie waren kaum in Johannesburg gelandet, als der Hooker mit einer Neuigkeit aufwartete: »Wir haben jetzt einen Missionar, Pater Léonard, ein Belgier.«

Bryan, der wenig für das aufdringliche Verhalten mancher »berufener« Prediger und Bekehrer übrighatte, meinte: »Das hat uns gerade noch gefehlt!«

»Das hab ich ihm auch an den Kopf geworfen, und weißt du, was er geantwortet hat? Deshalb hat der liebe Gott mich ja zu euch geschickt.«

Der Hunter zog die Brauen hoch.

Unbeirrt fuhr der Hooker fort: »Dleline hat ihn auf der Straße aufgegabelt. Du weißt ja, alles, was wir noch nicht haben und nicht niet- und nagelfest verankert ist, wird mitgenommen.«

Bryan kannte Dleline nur zu gut. Er hatte ja auch die beiden kleinen Geparde für Manou angeschleppt.

»Alles halb so wild«, beschwichtigte der Hooker, »er ist einer von den alten Missionaren, die ihr Leben in Afrika verbracht haben und eigentlich ein ruhiges Plätzchen suchen, wo sie sterben können. Für seine Verdienste wurde er schon von seiner Kongregation geehrt, und er könnte getrost nach Europa zurück und seine Ruhe finden. Aber er ist auf der Suche nach einer anderen Ruhe.«

»Was machen wir mit ihm?«

Der Hooker war um keine Antwort verlegen: »Mir fällt da schon was ein. Er kann nämlich perfekt Zulu, Xhosa und noch einige andere Dialekte.«

Der Hunter war nachdenklich geworden: »Es ist doch nicht Pierre Léonard, der Verfasser der Bücher über südafrikanische Medizin?«

»Er hat sich uns als Pierre Léonard vorgestellt, und von Medizin versteht er eine ganze Menge.«

»Ich habe gehört, er sei tot.«

»Oh, ist er nicht, jedenfalls noch nicht.«

»Seine Bücher waren sehr umstritten, weil er die Ansicht vertrat, dass diese alte Medizin, die auf Jahrhunderte alte Überlieferungen, Erfahrungen und Erkenntnisse beruhte, nicht einfach durch unsere moderne symptomatische und medikamentöse zu ersetzen sei. Da hat Dleline vielleicht doch einen interessanten Fang gemacht. Er muss ein intelligenter Kerl sein.«

»Ja, das ist er!«

»Was sagt denn Shaka der Sangoma?«

»Das ist es ja: Die beiden sind die dicksten Freunde. Sie reden sehr viel miteinander und tauschen ihre Kenntnisse aus.« Der Hooker erzählte und erzählte. Der Missionar schien einen mächtigen Eindruck auf ihn gemacht zu haben. »Sie sprechen alle beide von den Seelen und vom großen Geist. Seinen richtigen Namen kennt niemand, deshalb haben die Menschen ihm 99 Namen gegeben, unter anderem *Großer Geist, Gott, Jehova, Jahve* und ich weiß nicht, was sonst noch. Pater Léonard träumt manchmal von Gott und fragt dann bei Shaka nach. Und Shaka fragt beim großen Geist nach. Du wirst staunen, dabei kommt immer das Gleiche heraus. Jedenfalls ist er sehr gespannt auf euch. Alle haben ihm mitgeteilt, dass Manqaba der Hunter und Bomama Manou kommen werden.

Und er hat sich die tollsten Geschichten anhören müssen.«

Erste afrikanische Eindrücke

Ihre Freunde waren während der Reise schweigsam geworden. Diese herrlich erhabene Landschaft entlockte ihnen nur Erstaunen. So grandios hatten sie sich die Gegend nicht vorgestellt.

Peter fragte: »Und das soll eine Wüste sein? Da hatte ich ja ganz andere Vorstellungen. Das ist überhaupt nicht das, was man sonst auf Bildern und im Fernseher sieht. Was die betreiben, ist ja glatter Schwindel.«

Bryan klärte ihn auf. »Die Kalahari ist eine Wüste, die nicht wie eine typische Wüste aussieht, das ist ja das Schöne, aber auch das Gefährliche daran. Wasser findest du hier so gut wie keines. Ohne die Kenntnisse der Hottentotten oder der San wirst du hier elend verdursten. Wasser beziehen diese als Nomaden umherziehende Stämme aus wasserspeichernden Pflanzen, und sie ernten Tau. Oder du musst einen Affen fangen und ihn dann dazu bringen, seine Wasserstelle zu verraten.«

Peter meinte belustigt: »Nach allem, was wir bisher erlebt haben, wirst du uns jetzt mitteilen, dass Affen sprechen können?«

»Nein, aber wenn du sie überzeugen kannst, verraten sie dir eine ganze Menge, zum Beispiel wo sie ihren Wasservorrat versteckt haben.«

»Du willst mich auf den Arm nehmen!«

»Nein, du brauchst nur einen Affen zu fangen und ihm dann Salz zu essen zu geben. Affen mögen Salz für ihr Leben gern. Ist der er durstig genug, lässt du ihn frei und brauchst ihm nur zu folgen. Er führt dich schnurstracks zu seiner Wasserstelle.«

Peter und Bruno nickten anerkennend: »Was man nicht alles wissen muss, um hier zu überleben.«

Als sie über den Pass ins Hochtal fuhren, hielt Dleline kurz an, damit sie die Landschaft bewundern konnten. Sie waren überwältigt von der Schönheit des Hochtals und vom Gesang der Dorfbewohner, die ihre Freude ausdrückten und sie begrüßten. Kaum war Manou aus dem Jeep gestiegen, erhob sich ein großes Geschrei und Gejaule, das fast den Gesang übertönte. Jetzt hatte sie keine Zeit mehr. Sie musste unbedingt ihre beiden Raubkatzen sehen, die dieses fürchterliche Konzert angestimmt hatten.

»Und das sind deine Miezekatzen? Das sind ja Megabiester. So groß hatte ich mir die nicht vorgestellt. Bist du sicher, dass die uns nicht mit Haut und Haaren auffressen?« Bruno staunte.

Zoe war begeistert und bekam auch gleich von Hooke einen Kopfstoß. Sie fand sofort Anschluss zu diesen wilden Tieren.

Bruno lachte: »Ich glaube, ich habe jetzt mächtig Konkurrenz bekommen.«

Das Fest, das die Dorfbewohner für sie veranstaltet hatten, zog sich bis tief in die Nacht hinein. Die Behausungen, die man Bruno und Peter zuwies, waren etwas spartanisch. Aber sie waren ja vorgewarnt gewesen, und Bruno meinte spöttisch: »Wir sind ja nicht zum Schlafen hergekommen.«

Von Schreinern und Maurern

Peter hatte Himmel und Hölle in Bewegung gesetzt, um seine alte Drechselbank nach Afrika schicken zu lassen. Sie stand schon lange bei ihm nutzlos herum. Sein Boss hatte ihm dabei tatkräftig geholfen: »Hölzer haben die da unten. Damit kann man was machen. Peter, sieh dich mal um. Für die Schreinerei könnte man da vielleicht gewinnbringende Ideen finden oder sogar Handel abschließen.« Er war natürlich höchst interessiert und gewährte Peter zusätzlich zu seinem legalen Urlaub noch einige freie Extratage, um sich umzuschauen.

Peter hatte dem Hooker zusätzlich eine Liste besorgt mit allem, was er unbedingt benötigte. Natürlich war es Dleline, der alles anschleppte, was aufzutreiben war, und für alles andere besorgte er Ersatz. Er fand selbst das Unmögliche. Für ihn war es schließlich eine Frage der Ehre.

Bruno hatte sich schlaugemacht, wo man in dieser entlegenen Gegend Zement auftreiben konnte. Sand und Steine gab es genug. Er wollte etwas Solides bauen und nicht nur ein paar Steine aufeinandersetzen, die mit Kuhmist zusammengehalten wurden. Er nahm Kontakt mit der Firma auf und wusste, wie und wann sie liefern konnten. Sein Boss übernahm großzügig und »für den guten Zweck« einen Teil der Finanzierung. Bruno hatte sich das Fotomaterial und die Filme von Bryan genau angesehen und schon Pläne gemacht. Er wollte die Teiche mit Mönchen versehen, Spezialkonstruktionen, die es erlaubten, mit etwas Geschick den Wasserstand der Teiche zu regulieren und sie mit wenig Arbeit zu entleeren, ohne dabei eine

Schneise in den Damm graben zu müssen. Beim Austritt der Überlaufrohre wollte er eine Fischfangreuse installieren. Auch beim Damm wollte er seine Mönchkonstruktion bauen, so konnte er ein oder zwei Druckleitungen ins Hochtal bringen, Sprinkleranlagen errichten und eine viel effizientere Bewässerung garantieren.

Staunend standen die Einheimischen vor den Sprinkleranlagen. »Imvula umenzi« war auf einmal in aller Munde.

Bruno machte ein Gesicht wie ein lebendiges Fragezeichen.

Bryan und Ron lachten: »Jetzt ist es offiziell, du hast deinen afrikanischen Namen: Bruno der Regenmacher.«

Eine dieser Leitungen hatte er direkt ins Dorf geführt und einen Brunnen errichtet, so brauchten die Frauen nicht mehr mühsam das Wasser mit Krügen heranzuschleppen. Bryan war zufrieden. Es ging doch nichts über Fachleute, sei es nun am Bau oder in der Werkstatt.

Peter schüttelte nur den Kopf über die primitiven Werkzeuge, mit denen sich die Menschen abrackerten, über die schweren und groben Pfähle, die die Frauen zum Zerstampfen von den Feldfrüchten gebrauchten. Er drechselte ihnen viel handlichere Werkzeuge. Die Jungen aus dem Dorf sahen mit Bewunderung zu, wie er auf seiner Drechselbank arbeitete, und sie halfen ihm dabei. Sie schleppten alles an, was er benötigte, und obwohl Peter nicht ihrer Sprache mächtig war, entwickelt sich eine ausgezeichnete Kommunikation.

Mithilfe von Pater Leonard, der die Übersetzung übernahm, gab er jeden Morgen einen Kurs über die Handhabung der Bank. Er wollte ja nicht, dass sie nutzlos herumstand, wenn er wieder zurück nach Europa musste. Manchmal gab es Unstimmigkeiten zwischen Peter und Pater Léonard, die dieser mit gewohnter Jovialität löste.

Peter stand neben dem Pater und sagte: »Und das nennen Sie Altar, Herr Pfarrer?«

»Gott ist überall, hauptsächlich in unseren Herzen, und da spielt das Aussehen des Altars keine Rolle«, parierte dieser.

»Aber ein solcher Altar ist unzumutbar.« Peter hatte seine klaren Vorstellungen, wie ein Altar aus zu sehen hatte. »Ich sehe da schon einen Haufen Verbesserungen.«

»So Gott will!« Pater Leonard vermied das Streitgespräch.

Aber Peter nicht: »Ja, ja, Gott waltete und der Mensch schaltet oder umgekehrt. Ich bin für eine klare Arbeitsaufteilung: Soll Gott das seinige tun, wir kümmern uns um den Rest.« Natürlich baute Peter einen ganz neuen Altar, ganz nach seinen Vorstellungen, und unumwunden gab Pater Léonard ihm zu verstehen, dass es der schönste Altar war, den er je gesehen hatte, und dass Gott ganz bestimmt mit diesem Meisterwerk sehr zufrieden wäre.

Es wurde ein großes Fest organisiert, um diese neue Gottesbehausung gebührend einzuweihen.

Beziehungsprobleme

Caroline sagte zu Manou: »Du hast es einfach. Du bist wunderschön, schlank, hast viel Sex-Appeal, du könntest alle Männer haben.«

Manou antwortete: »Ich hatte es nicht immer so schön, und ich liebe nur den einen, der immer zu mir gehalten hat.« Fast hätte sie gesagt: *Der mir meine Unschuld genommen hat.* Soweit wollte sie ihre Freundinnen aber doch nicht einweihen, das war schließlich ihr Geheimnis. »Bryan ist übrigens der schönste und taffste Mann, den ich kenne. Ich bin sehr verliebt«, setzte sie nach.

»Ja, das glaube ich«, meinte Zoe, »ihr passt auch gut zusammen und schlaft bestimmt oft miteinander.« Die gute unschuldige Zoe kam direkt zum Thema.

Caroline war bekümmert: »Es ist schon lange her, dass mein Peter mich beachtet hat. Ich bin dick und pummelig. Wer will schon mit so einer Frau schlafen.«

Zoe nickte beifallend. Die beiden hatten dasselbe Problem. Sie waren Manous beste Freundinnen und hatten auch zu ihr gehalten, als es ihr nicht so gut ging. Nun hatten die beiden selbst dringend Hilfe nötig.

Manou begann: »Wisst ihr, Männer sind eigentlich einfach gestrickt. Es interessiert sie wenig, ob du dünn oder pummelig bist. Sie fliegen auf die Primärmerkmale einer Frau. Das sind Busen und Po, dann kommt das Gesicht und dann die Beine. Und Männer lieben die Abwechslung. Caroline, du hast einen wunderbaren Busen, und dein Po ist schön rund. Dein Gesicht ist schön, warm, jugendlich, aber seit ich dich kenne, trägst du immer die gleiche Betonfrisur, die dich älter aussehen lässt.«

Sie wandte sich an Zoe: »Du bist schlank und hast nur A-Körbchen, aber du hast lange Beine, die musst du unbedingt zeigen, ebenso ein wunderbares Gesicht, das müssen wir hervorheben. Ihr müsst nicht das zur Schau stellen, was ihr nicht habt, sondern mit dem protzen, was ihr habt.« Sie rief Zula und fragte unumwunden: »Könntest du Zoe eine afrikanische Frisur verpassen? Dünne Zöpfe, gehalten von kleinen Perlen, aber nimm mein Gel, kein Schmalz, und warte noch.« Zu Zoe sagte sie: »Du hast die alten, engen Jeans eingepackt?«

Zoe nickte eifrig.

»Die werden wir jetzt opfern. Kannst du sie holen?«

Zoe verschwand und war so schnell wieder zurück, dass Manou sich fragte, ob sie nicht den ganzen Weg gerannt war.

»Zieh sie an!«, sagte Manou und rief nach Anele. Sie war die beste Näherin und hatte eine eigene kleine Nähmaschine.

Manou zeichnete mit einem Stück Kohle auf den Stoff: »Hier müssen wir abschneiden, säumen und dann umnähen. Dann eine kleine Borte. Die wird unweigerlich die Blicke auf die Beine ziehen.«

»Ist das nicht zu kurz?« Zoe schien Bedenken zu haben.

»Du willst deine Beine zeigen, also zeigen wir sie. Du hast nämlich sehr schöne Beine. Anele wird sich um deinen Shorts kümmern und Zula um deine Frisur. Und nun Action.« Sie klatschte in die

Hände. Es war das Startsignal. Zula hatte schon alles bereitgelegt und begann sofort zu frisieren. Anele verschwand mit den Beinkleidern.

Caroline hatte wortlos zugesehen.

»Jetzt kommen wir zu dir«, lächelte Manou sie an. Caroline war ein warmer Mensch und hatte so viel für sie getan. »Deiner nehme ich mich persönlich an. Zuerst deine Frisur.« Darin war Manou spitze.

Sie kämmte Carolines Haare zur Seite und band die blonde Haarpracht mit einem Knoten seitlich am Kopf hoch. Sie hatte ein jugendliches Gesicht. Mit dieser Mädchenfrisur wurde diese Note unterstrichen, außerdem gab sie den Blick auf ihren schlanken Hals frei.

Carolines Kommentar, als sie sich im Spiegel betrachtete. »Es ist schön, aber ich sehe aus wie ein kleines Mädchen.«

Manou lachte. »Du bist ein kleines Mädchen!«

»Mein Peter wird mich nicht ernst nehmen.«

»Soll er das denn?«

Caroline hatte es noch nie von dieser Seite betrachtet.

»Nun deine Brüste. Sie sind sehr schön und wohlgeformt, aber du trägst sie zu tief. Deine Halter müssten wir unbedingt verkürzen. Falls du dich damit unwohl fühlst, dann lassen wir das.«

»Nein, im Gegenteil, ich will es unbedingt mal versuchen. Wie hoch sollen wir sie denn schnallen?«

»Bis du mit deinen Brustwarzen Peters Augen ausstechen kannst.« Sie lachten beide.

Anschließend war Carolines Busen schön geformt, hoch und gewölbt. Sie sah jetzt schon sehr sexy aus.

»Ich weiß nicht, das sieht doch irgendwie ungewohnt aus«, meinte sie nachdenklich. Caroline hatte wenig Selbstwertgefühl.

Das musste Manou unbedingt aufpolieren. »Weißt du, wenn Liebe ein Spiel ist, dann ...« Sie sah Caroline an.

Die antwortete: »Ich weiß nicht!«

»Dann mogele! Du willst doch gewinnen! Caroline, du hast eine Supertaille, die habe ich nie bemerkt. Das müssen wir unbedingt unterstreichen. Hast du nicht eine Bluse, die oben etwas weiter ist und sich in der Taille einschnüren lässt?«

»Doch. Ich gehe sie holen.«

»Hast du auch noch farbige Shorts, die zur Bluse passen und eng am Po liegen?«

»Ich habe eine ganze Kollektion davon.«

»Bring einige mit!«

Caroline zog sich eine Bluse über und verschwand.

Manou schaute nach Zoe, Zula war schon fast fertig. Sie hatte verschiedenfarbige Perlen genommen, und Zoe sah sehr witzig aus. Manou musste lachen.

»Wie sehe ich aus?«

Wortlos nahm sie einen Spiegel und hielt ihn Zoe vor.

Die lachte nun auch. »Das sieht witzig aus, aber es steht mir gut.«

Anele tauchte mit der gekürzten Jeans auf. Sie war stolz auf ihre Arbeit. Sie war wirklich eine gute Näherin. Zeit für den nächsten Auftrag.

Caroline kehrte mit Bluse und Shorts zurück. Sie hielt eine der Hosen vor sich. »Ich habe zu kurze Beine. Ich sehe darin irgendwie lächerlich aus.«

»Die werden wir verstecken«, sagte Manou.

Anele suchte eine schwarze Shorts aus, die gut zu der Bluse passte. Auch hatte sie noch viel schwarzen Jeansstoff, den Caroline früher geschickt hatte.

»Wir werden jetzt weite Beinkleider an deinen Shorts nähen, sodass man nur deinen Po sieht.«

Anele verstand schnell, was Manou von ihr wollte, Beinkleider vom Po bis an den Boden, und nach einigen Abmessungen von Carolines Figur verschwand sie wieder.

Zoes Frisur war fertig. Sie sah sehr jung und witzig aus und schüttelte ihren Wuschelkopf: »Ein herrliches Gefühl!« Noch die Anprobe der kurzen Hose. Sie saß eng. Zoe schlug ihre langen Beine übereinander. Anele hatte gute Arbeit geleistet.

Sogar Caroline blieb die Spucke weg. »Du siehst fantastisch aus. Die blaue Bluse, die du anhast, passt ungemein gut dazu.«

»Jetzt bräuchten wir noch Schuhwerk, das die Länge deiner Schenkel unterstreicht«, sagte Manou.

»Ich habe meine Stricksandalen da!«

»Wunderbar, die sind perfekt.« Cebile, die Frau des Dorfältesten, war aufgetaucht, angelockt durch das geschäftige Treiben. »Beautiful, for men?« Manou nickte mit einem vielsagenden Lächeln.

Cebile kannte zur Genüge den Effekt, den eine gut aussehende Frau auf Männer ausübte. Manou hatte ihr dabei in der Vergangenheit auch geholfen. Ihre Statur ähnelte der von Caroline. Sie zupfte deren Bluse etwas zurecht und legte etwas Hand mit an, dann drückte sie ihr Wohlgefallen aus.

Jetzt mussten sie nur noch auf Anele warten. Prompt kam sie angelaufen und zeigte ihr Werk. Caroline zwängte sich in das neue Kleidungsstück. Sie bückte sich etwas nach vorne. Sie hatte wirklich einen wohlgeformten Po, und die weiten Beinkleider wirkten, als hätte sie einen Rock an.

»Jetzt müssen wir dich noch etwas größer machen«, stellte Manou fest.

»Oh, ich hab meine Korksandalen mit, die haben acht Zentimeter hohe Absätze.«

»Das ist super!«

Eine dezente Hervorhebung ihrer Gesichtszüge hielt Manou noch für angebracht. Einen Hauch von Lidschatten und eine kaum wahrnehmbare Untermalung mit Kajal genügte vollauf auf der leicht gebräunten Haut. Die afrikanische Sonne hatte schon gute Arbeit geleistet.

Jetzt mussten sie nur noch auf die Männer warten. Die Zubereitung des Essens stellte kein Problem dar. Die anderen Frauen kehrten von den Feldern zurück und warfen Zoe und Caroline bewundernde und vielsagende Blicke zu und schnatterten wild durcheinander. Die Frau des Ältesten hatte sie bereits aufgeklärt.

Afrika, der heiße Kontinent

Der Hunter und der Hooker trudelten zuerst ein.
Sie hatten Zoe und Caroline sofort erblickt.

»Was ist denn hier los?«, wollte Bryan wissen.

Manou erklärte ihm, während sie ihn umarmte:
»Die Mädchen hatten ein paar Tipps nötig.«

»Um Himmels willen.«

»Also, dafür kannst du jetzt aber nicht den Himmel verantwortlich machen«, meinte der Hooker
trocken. Während er den beiden bewundernde Blicke zuwarf, bemerkte er: »Die armen Männer!«

Diese fanden sich nun auch langsam ein, und zu
guter Letzt kehrten wild diskutierend und gestiku-
lierend Peter und Bruno zurück.

Peter entdeckte seine Caroline zuerst. Ihm blieb
buchstäblich das Wort im Mund stecken. Er riss die
Augen auf und seine Kinnlade fiel herunter. Bruno
redet weiter. Er hatte Zoe noch nicht entdeckt.
Wieso blieb Peter auf einmal stehen und starrte
gebannt in eine Richtung? Er blickte jetzt auch
dorthin. Donnerwetter! Das war doch nicht möglich.

Caroline kam auf ihren Peter zu. »Gefalle ich
dir?«

»Mädel, du bist fantastisch und wunderhübsch.
Ich weiß nicht, was ich sagen soll. Mir fehlen die
Worte.« Er nahm sie zärtlich in den Arm und
küsste sie innig. »Du bist noch hübscher als damals, als wir uns kennenlernten.« Es folgte ein wei-
terer leidenschaftlicher Kuss.

Auch Zoe hatte sich Bruno genähert. Er starrte gebannt auf ihre Beine. Dann wechselten seine Blicke zwischen ihren Beinen und ihrem Gesicht hin und her.

Doch Peter war ein Witzbold. Er schattete seine Augen mit einer Hand ab und blickte in die Runde. »Hat jemand meine Zoe gesehen?«

Sie zupfte ihn am Hemd.

»Nein, das kannst unmöglich du sein!«

Sie nickte errötend.

Er zwickte sich zwei-, dreimal in den Arm, dann stellte er fest: »Nein, ich träume nicht. Du bist es wirklich.« Er hob sie an der Taille hoch, und langsam glitt sie zurück in seine Arme. Er umarmte sie heiß und leidenschaftlich.

Der Hunter legte seinen Arm um Manou: »Komm, wir haben genug gesehen!«

»Nein, ich möchte den Effekt meiner Therapie sehen.«

»Ich finde, du hast heute schon genug Schaden angerichtet.«

Irgendwie waren alle Männer gleich, nur Bryan der Hunter war anders. Er war ja schließlich ihr Mann.

Peter hatte auf einmal keinen Hunger mehr. Aber Caroline bestand darauf. Zuerst wurde gegessen.

»Du hast recht, Mädel, ich muss heute stark sein.«

Sie senkte den Blick und wurde rot, kniff ihn in den Oberschenkel und sagte: »Hör auf, auf meinen Busen zu starren. Es wird mir so langsam peinlich.«

»Wieso, der ist doch so was von heiß, wo hast du den überhaupt her?«

»Du hast mich nie richtig angeschaut!«

Er schloss kurz die Augen: »Das wird sich jetzt ändern. Ich wusste nicht, dass ich die schönste Frau im Universum habe.«

Nach dem Essen nahm Sie ihn bei der Hand, und sie gingen in Richtung ihrer Hütte. Auch Bruno war mit Zoe schon klammheimlich verschwunden. Bryan ging nun mit seiner Manou ebenfalls in ihre Hütte.

Im Schein der Batterielaterne zog sie sich aus. Ihre Vorkehrungen hatte sie schon vorher getroffen. Sie lag nackt auf der Luftmatratze und wartet auf ihn.

»Ich wette, bei denen geht heute Nacht was ab«, Meinte sie.

»O ja.«

Sie spürte seinen nackten Körper an ihrem, schlang beide Arme um seinen Hals und küsste ihn leidenschaftlich.

Die Nächte waren wirklich heiß in Afrika!

Caroline wechselte mehrmals ihre Frisur, an einem Tag hatte sie sogar zwei Zöpfe, und arbeitete an ihrem Busen. Sie hatte ihre Halter noch weiter verkürzt und atmete schneller.

»Wenn es dich belastet«, meinte Manou.

»Iwo, ich kann es kaum erwarten, dass Peter ...« Sie redete nicht weiter.

Einige Shorts von Zoe mussten noch dran glauben. Sie half Anele beim Nähen und Anpassen, aber Manou hatte den Eindruck, dass die Shorts immer kürzer und die Beine immer länger wurden. Manou wusste, dass die Beziehungen ihrer Freundinnen jetzt einen zweiten Frühling erlebten.

Nach einer Woche wollte sie es genau wissen: »Hat unser Programm funktioniert?«

Caroline, die ihr Herz auf der Zunge trug, sagte: »Ich wusste gar nicht, dass Peter so leidenschaftlich sein kann, ein echter Stier, ein Sexmonster. Es war fürchterlich wunderbar.« Sie lachte. »Er hat mich jede Nacht durchgehobelt, er ist ja schließlich Schreinermeister.«

Zoe war viel zurückhaltender. Sie errötete und beichtete: »Wir hatten jeden Tag Sex diese Woche, sogar mehrmals hintereinander.«

Sieh an, die liebe unschuldige Zoe.

Die Probleme der Menschen

Die zwei Monte gingen viel zu schnell vorüber. Peter und Bruno hatten gute Arbeit geleistet. Einige Männer beherrschten schon Peters Drechselbank sehr gut, die Schiebersteuerung von Brunos Regenanlage beherrschten sie auch praktisch perfekt. Sie beide hatten noch jede Menge gute Ratschläge und handwerkliche Anweisungen erteilt. Der Hooker und Pater Leonard blieben ja im Dorf. So blieb alles in guten Händen.

Der Abschied fiel schwer. Gerne wären sie geblieben, aber ihr zweites Leben in ihrer Kleinstadt rief nach ihnen. Der Gesang der Dorfbewohner begleitete sie aus dem Tal hinaus. Nach sechs Stunden Autofahrt bis nach Johannesburg saßen sie endlich im Flugzeug nach Amsterdam. Zehn Stunden Flug hatten sie nun vor sich.

Erschöpft lag Caroline neben Peter. Er hatte sie liebevoll in den Arm genommen. Sie war eingenickt. Ihr Kopf ruhte auf seiner Brust. Neben ihm saß Bruno. Auch Zoe schlief in seinen Armen.

Peter sagte an Bruno gewandt: »Ich Trottel! Da muss ich erst nach Afrika kommen, um herauszufinden, welch tolle Frau ich habe.«

Bruno lächelte verklärt: »Ach, ich habe auch nicht bemerkt, wie schön, sexy und heiß Zoe ist.«

Manou hatte alles mitbekommen. Auch Bryan war eingenickt. Sie schaute ihn an. Seit der Adolph-Brücke damals, als er sie angesprochen hatte, waren noch keine acht Jahre vergangen. Aber was für Jahre! Ihr ganzes Leben lag darin. In ihren kühnsten Träumen hätte sie es sich nicht so fantastisch ausmalen können. Das Vorher existierte nicht mehr. Es war nur noch ein verschwommener Schatten. Sie hatte sich ihr ganzes Leben lang als Frau gefühlt, und ihr Professor hatte sie zur Frau gemacht.

Bryan wurde wach und drückte sie an sich. »Du hast dich von Pater Léonard verabschiedet. Du hast viel mit ihm geflüstert, bevor er dir einen Kuss auf die Stirn gedrückt hat. Er hat mich so komisch angesehen. Ich konnte seinen Blick nicht deuten.«

»Ich möchte keine Geheimnisse vor dir haben. Ich habe ihm gesagt, er müsse auf uns warten!«

Bryan sah sie fragend an. Irgendwie verstand er sie nicht.

Etwas kleinlaut meinte sie: »Eigentlich weiß ich nicht, wie du darüber denkst, und es ist nicht an mir, den ersten Schritt zu tun.«

Bryan verstand nur Bahnhof: »Tut mir leid, ich sitze wahrscheinlich auf der Leitung!« Er sah sie fragend an: »Bitte Mädchen, keine Geheimnisse. Du kannst mir alles sagen. Du bist schließlich meine Frau.«

Sie schaute ihm tief in die Augen: »Vielleicht noch nicht ganz! Ich habe ihm gesagt, er müsse auf uns warten, es wäre da noch eine Trauung in Aussicht.«

Bryan musste lachen: »Das war eine tolle Idee. Ich glaube, wir nehmen den nächsten Flug wieder zurück.«

Peter und Bruno waren aufmerksam geworden. Sie wollten die Ursache von Bryans Erheiterung erfahren.

»Nächstes Mal wird in Afrika geheiratet«, erklärte der.

Bruno saß auf der Leitung: »Wer denn?«

»Na, die beiden, du Dussel!«

Alle schauten erstaunt auf Zoe. Es war das erste Mal, dass sie ihrem Bruno in der Art geantwortet hatte.

In seiner gewohnten schelmischen Art sagte er: »Mädchen, ich wusste ja gar nicht, dass du schimpfen kannst!«

»Bis jetzt war ja auch immer alles in Ordnung!« Zoe hatte dazugelernt, ihr Selbstbewusstsein war mächtig gewachsen.

Die Heirat in Afrika war eine blendende Idee. Bei Pater Leonard brauchten sie keine Geburtsurkunden, keinen administrativen Schnickschnack und keine lästigen Fragen. Ihr Geheimnis würde gewahrt bleiben.

Von Amsterdam bis nach Hause war es nur noch ein Katzensprung, dann hatte der Alltag sie wieder. Aber es war nicht mehr derselbe. Zu viel war geschehen. Nach außen sah alles wieder so natürlich und bieder aus, aber Afrika hatte die drei Pärchen verändert. Sie hatten ein ganz anderes Leben kennengelernt.

Peter und Caroline verlebten glückliche Tage. Natürlich waren Carolines und Zoes Freundinnen sofort aufgetaucht. Die beiden mussten erzählen, was sich zugetragen und was sie erlebt hatten. Es waren immer sogenannte gute Freundinnen gewesen, aber mit jeder neuen Frage spürten sie den Neid heraus, der ihnen entgegenschlug. Caroline hätte ihnen auch gute Ratschläge geben können, aber darauf waren diese überhaupt nicht aus. Es war doch so einfach, in seinem Alltagstrott zu verbleiben.

»Wo hast du deine schöne Frisur gelassen?«, wollte eine wissen.

»Nun halte mal die Luft an. Damit sah ich doch 100 Jahre älter aus. Jetzt, da ich nicht mehr diesen Betonkopf mit mir herumschleppen muss, kann ich endlich mit meinen Haaren tun, was ich will.«

»Was hast du mit deinem Busen angestellt?«

»Nichts, der war schon immer so!« Sie spürte förmlich den Neid aus jeder Bemerkung. Mit der Veränderung ihres Aussehens hatte sie auch selbst ihre dämlichen Vorurteile abgelegt. Ihr Leben schien ihr jetzt bei Weitem nicht mehr so einsam, fade und langweilig. Und dann diese unnützen Diskussionen über Wäsche, Männer und Krankheiten. Die kamen ihr nun so öde und überflüssig vor. Sie hatte ja heute ganz andere Gesprächsthemen auf Lager und merkte auf einmal, wie einseitig und beschränkt viele dieser Frauen waren, und dabei taten sie, als wäre die ganze Kultur in ihren Köpfen entstanden.

Caroline hatte bald etwas weniger Freundinnen und damit auch weniger Stress, aber mehr Zeit für Peter, der es ihr an nichts fehlen ließ.

Zoe und Bruno erging es ebenfalls so. Sie hatten viele Neider, die insgeheim Brunos Glück und Zoes Beine bewunderten. Die kleine graue Maus war viel selbstsicherer geworden. Das hätte man nie von ihr erwartet. Aber daran waren dieser Bryan und seine Manou schuld. Afrika hatte ein starkes Band zwischen ihnen allen geflochten. Was sie erlebt hatten, brachte sie noch enger zusammen.

Mireille Tom ließ natürlich keinen guten Fetzen an ihnen allen. Dieser Klotz von einem Möchtegern-Mathematiker, der seiner Tusse nachgeweint hatte und sich jetzt mit diesem gemeinen Fußvolk abgab, das so weit unter ihrem Niveau war ... Aber wen interessierte schon Mireille Tom?

Nach allem, was über ihren Aufenthalt in Südafrika durchgesickert und bekannt geworden war, hatte jetzt Bryan den Nimbus von Indiana Jones, und in dieses Bild passte eine Terrordrohne vom Schlag einer Mireille Tom gar nicht hinein. Angewidert von der Tatsache, dass jetzt das Gymnasium auf das Niveau eines Dschungelcamps herabgestuft worden war, hatte sie ihr Gesuch um eine Versetzung in ein anderes, in ein seriöseres Etablissement eingereicht. Der Direktor hatte ihr Gesuch unterstützt, und so war dem vonseiten des Unterrichtsministeriums auch stattgegeben worden. Aber es grenzte fast an ein Wunder. Obwohl sie der Mittelpunkt einer sehr elitären Gemeinschaft gewesen war, ließ diese sie ohne Bedauern ziehen, und somit war sie die Einzige, die aus besagtem Grund ihre Versetzung beantragt hatte. Offensichtlich weinte ihr keiner eine Träne nach.

Das Leben in der Kleinstadt und der Alltagstrott hatte sie also wieder. Aber es war ein komplett veränderter Alltag. Für Bryan, den kühlen Mathematiker, gab es so etwas wie Vorsehung überhaupt nicht. Was hatte er damals auf der Adolph-Brücke gesucht? Wieso hatte er Manou angesprochen? Er konnte sich nicht mehr erinnern. Es war einer dieser Zufälle, von denen ein ganzes Leben abhängt, und wieso gerade in dem Moment Manou mit ihrem Leben abschließen wollte, das vermochte sie auch nicht mehr zu sagen. Hinter ihrem anodinen Leben, das sie jetzt führten, verbarg sich so vieles. Sie hatten eine Menge erlebt und hatten noch viel vor. Aber nach außen fielen sie nicht auf. Keiner wusste von ihrer außerordentlichen Geschichte. Sie benahmen sich wie ganz normale Menschen, so wie du und ich, und wie Manou einmal sagte: »Wer weiß: Vielleicht sind wir uns ja schon mal begegnet!«